W0243001

Heinz Kahlau

Bögen

Heinz Kahlau

Bögen

Ausgewählte Gedichte
1950–1980

Aufbau-Verlag

Auswahl: Ursula Emmerich

I

Wir

Wir und nichts weiter.
Dann erst Tier und Pflanze,
dann Land und Meer,
der Raum für unsre Welt.
Wir und nichts weiter,
was darüber wäre.
An aller Wesen Spitze
WIR gestellt.

Wir, grandios und schrecklich –
treffend und getroffen.
Wir, viel zu schwach,
um immer Wir zu sein.
Wir, End und Anbeginn
für unser Hoffen.
Wir schließen alles
in uns selber ein.

Nach uns ist nichts
auf diesen Stern gekommen,
das uns und unsresgleichen
über ist.
Wir haben alles
in die Hand genommen.
Wir sind das Maß,
das jeden Wert bemißt.

Wir und nichts weiter.
WIR – der Herr der Erde.
Und keine Macht,
die uns den Weg verstellt.
WIR unser eigenes
Vergeh und Werde.
Wir sind der Feind
und Frieden unsrer Welt.

Perspektive

Nun endlich
untersucht der Kopf
den eignen Kopf.
Das Hirn erfaßt das Hirn,
sich zu erkennen.
Der Schöpfer aller Dinge
sieht sich an.
Sich selbst zum Maß,
darf er sich nicht vermessen.
Es spricht ihn keiner
von sich selber frei.
Nun endlich
muß die Welt
in Ordnung kommen.

Stoßseufzer

Ihr habt es doch besser gewußt.
Warum habt ihr uns
soviel von dem hinterlassen,
das eure Arbeit war?
Unser Leben
wird nicht länger
als das eure sein.
Unsere Zweifel
sind kaum kleiner
als die euren,
unser Weg
wird nicht grader sein.
Doch unsere Pflichten
sind reichlicher bemessen:
Eure Bürde
mit dem Geruch von gestern
kommt noch hinzu.
Warum, Väter,
habt ihr so endlos gestritten
und so wenig getan?

Das Gerücht

Als zur Zeit der Oktoberrevolution
gegen die Kommunisten
ein Gerücht gemacht wurde,
das da sagte:
Die Kommunisten stellten jeden
an die Wand,
der keine Schwielen hätte,
sondern eine weiche Haut,
gab es in Berlin einen Mann,
der seine Schwielen besah
und zufrieden meinte:
Der Kommunismus ist eine gute Sache.

So zeugte das Gerücht,
das gegen die Kommunisten gemacht wurde,
für die Kommunisten.
Zumindest bei diesem Mann.

Später allerdings,
als die Kommunisten sich anschickten,
das faschistische Berlin zu erobern,
hörte der Mann wiederum
von diesem Gerücht
und sagte voll Furcht:
Der Kommunismus ist unser Unglück.
Seine Haut war weich geworden
unterdes.

So zeugte das Gerücht,
das gegen die Kommunisten gemacht wurde,
für die Kommunisten.
Zumindest bei diesem Mann.

Eine Biographie

Als er klein war, sagten ihm die Großen:
Du mußt warten, wachsen und gedeihn.
Und sie haben ihn zurückgestoßen,
als er wagte, groß und kühn zu sein.

Als er jung war, sagten ihm die Alten:
Du mußt älter werden und gescheiter sein.
Und sie schafften es, ihn aufzuhalten,
und sie sperrten seine Einfalt ein.

Als er groß war, war er für die Taten
schon zu alt geworden und ihm fehlte Schwung.
Und er ging, die Jungen zu verraten,
denn sie waren ihm zu kühn und viel zu jung.

Über junge Zyniker

Ich will euch sagen, woran diese kranken.
Sie kranken an der totgehetzten Hoffnung,
die Welt zur Lebzeit
in ein Paradies zu wandeln.

Das hat sie ausgehöhlt, die da so rülpsen
und ihre Kinderschänderwitze reißen.
Sie heulen wie die ausgesetzten Welpen
nach ihrer Hoffnung.

Statt ihnen klares Denken einzuüben,
hat man sie mit der Nase an ein Bild gehalten,
das viel zu grell war
für die jungen Augen.

Jetzt haben sie im Kopf
die schöne Buntheit
und suchen in der Welt
die gleichen Farben.

Bericht

Als die Faschisten
die Wahrheit ermordet glaubten,
machten sie auf dem Opernplatz zu Berlin
einen Scheiterhaufen aus Büchern,
um auch den Geist zu verbrennen.

Zur gleichen Stunde aber
saß gegenüber in einem Zimmer
ein Mann bei der Arbeit.
Nur manchmal,
wenn die Horden beim Tanz um das Feuer
zu mächtig krakeelten, horchte er furchtsam,
schaute er ärgerlich auf.
Dann senkte er eilig den Kopf
und schrieb weiter.
Er redigierte die „Rote Fahne“.

Die Brüder

Sie saßen sich beim Essen gegenüber
und wuchsen mit den gleichen Lehrern auf.
Die gleichen Pflichten wurden ihnen über,
die gleichen Strafen nahmen sie in Kauf.

Sie gingen noch zum gleichen Meister dienen,
wo einer ging, kam auch der andre her.
Noch immer gab es Stille zwischen ihnen,
doch ihre Mädchen glichen sich nicht mehr.

Dann war am Lohntag in des einen Tüte
zuwenig Geld, und er begehrte auf.
Der andre riet ihm kummervoll zur Güte.
Doch man entließ den Bruder bald darauf.

Sie saßen sich beim Essen gegenüber
und hatten einen harten, lauten Streit.
Dann schwiegen sie den Rest der Mahlzeit über.
Seit dieser Stunde waren sie entzweit.

Der Arbeitslose mußte Arbeit suchen.
Erfolglos fragte er von Tor zu Tor.
Da sah er viele, hörte manchen fluchen –
und mancher kam ihm wie sein Bruder vor.

Die blieben still und hofften so auf Gnade.
Sie sahen ihn und wichen schnell zurück,
sie waren sich zum Bitten nicht zu schade.
Er hatte zuviel Stolz im Hungerblick.

Doch einer war, der paßte nicht zu diesen.
Der sah ihn an und sagte nur: Komm mit.
Der hat ihm einen Abend lang bewiesen,
warum es so war und wofür man stritt.

Sie wußten voneinander nicht die Namen.
Doch als sie schieden, war dem Jungen klar,
daß von den beiden, die in Frage kamen,
der Fremde da sein echter Bruder war.

Umwelt

Wissenschaftler auf der Suche nach Wahrheit
steckten, mit seinem Einverständnis,
einen Mann in einen Raum,
in dem nichts sein konnte
als er.
So allein gelassen von der lauten,
stinkenden, störenden, abnutzenden Welt,
lag er und sah Nichts, hörte Nichts, roch Nichts,
schmeckte Nichts, fühlte Nichts,
außer sich selbst.
Einen Tag lang und eine Nacht.
Dann versuchte er zu singen.
Sein Herz setzte aus.
Heimgekehrt in diese Welt,
begann er noch einmal zu leben.
Sein Verstand kam wieder,
später auch seine Stimme.
Singen konnte er lange nicht.
Es erinnerte ihn.

Der Kosmonaut Titow,
tagelang unterwegs im Nichts,
sang, las, spielte Schach und
telefonierte mit seiner Frau.
Heimgekehrt auf diese Erde,
war ihm nichts anzumerken als,
daß sein Flug eine Arbeit war.

So konnte bewiesen werden:
Durch das, was außer ihm da ist,
lebt der Mensch.
Er braucht diese laute, abnutzende Welt.

Gedicht über Hände

I

Sie saß am Band, an diesen langen Tischen,
saß vorgebeugt und zeigte kein Gesicht.
Sie lötete Kontakte an die Spulen,
es war wie jeden Tag in ihrer Schicht.

Doch ihre Hände waren nicht wie Vögel,
die zwischen Gittern müde hin und her
die ewiggleiche stumme Sehnsucht flattern,
als gäbe es für sie nichts andres mehr.

Sie hatte Hände, die wie Tänzer waren,
denn sie bewegten sich so leicht und frei,
als ob die Anmut dieser schmalen Finger
ganz ohne Mühe zu erreichen sei.

II

Der ewig gleiche Griff von Tag zu Tag.
Die gleiche Drehung, sieben lange Stunden.
Was tut der Kopf, zu dem die Hand gehört?
Hat dieser Kopf den stumpfen Tanz erfunden?

Was tut die Frau nach solchem Arbeitstag,
wenn ihre Hebel wieder Hände werden?
Malt sie mit ihrem Kind ein buntes Bild,
formt sie Figuren, zart, aus Ton und Erden?

Spielt sie Gitarre, näht sie sich ein Kleid,
denkt sie sich Hebel aus anstatt der Hände?
Liest sie ein Buch, in dem sie danach sucht:
Wie macht der Mensch der Hebelhand ein Ende?

Über das Fortgehn

Ein Stuhl ist leer,
ein Bett bleibt verdeckt,
ein Messer wird nicht mehr stumpf.
Der Freund ist jetzt fort.

Der Zurückgebliebene
sieht Stuhl, Messer und Bett
und denkt ans Vergangene.

Der fortgegangen ist,
hat Stuhl, Messer und Bett
schon vergessen.
Ihn erwartet etwas.

Der Zurückgebliebene aber
wartet.
Es ist besser, fortzugehn.

Die Dunhillballade

Dem Manne gewidmet,
dem sie widerfuhr.

Hanusch liebte guten Tabak,
und er liebte Emely.
Als sie ihn zum Bahnhof brachte,
eines Freitags – in der Früh,
fragte sie: „Was willst du haben,
daß du mich nicht gleich vergißt?"
Sagte er: „Ein Päckchen Dunhill,
der jedoch sehr teuer ist."

In dem nächsten Tabakladen
kaufte sie ein ganzes Pfund,
steckte ihm noch eine teure
neue Pfeife in den Mund.
Ihn bewegte ihr Verständnis
für Vergänglichkeit. Der Mann
trat an diesem Freitagmorgen
seine größte Reise an.

In die Fremde, zu Gefahren
sollte er mit Freunden gehn.
Er versprach: „Nach sieben Jahren
will ich wieder nach dir sehn!"
Dann gab sie ihm viele Küsse,
hielt noch lange seine Hand,
als sie weinend stand und winkte,
war die Pfeife angebrannt.

Siebenmal dem Tod entronnen
war er schon nach einem Jahr,

aber nie erlosch die Pfeife,
nie war ihm der Tabak rar.
Mancher Freund starb ihm zur Seite,
manche Frau lag bei dem Mann,
doch der Dunhill seiner Liebsten
kam, wo immer, pünktlich an.

Hanusch rauchte ihren Tabak
bis zum allerletzten Rest.
Was auch kam, er hielt in Treue
an der einen Sorte fest.
So verstand sie, ihn zu lieben,
doch ihn zog es nicht nach Haus.
Aber dann, es war November,
blieb die Tabaksendung aus.

Da erwachte seine Sehnsucht,
und die Fremde schien ihm leer.
Er schlief schlecht in sieben Nächten
und fuhr heimwärts übers Meer.
Hastig sprang er auf den Bahnhof,
rannte über Stock und Stein,
und dann trat der Heimgekehrte
in den nächsten Laden ein.

Dort, in eichenen Regalen,
lag, von ihm so lang vermißt,
wohlverpackt der gute Dunhill,
der so unvergleichlich ist.

Diesen Anblick, er vergaß ihn
auch nach vielen Jahren nie,
denn des Tabakhändlers Gattin
war das Mädchen Emely.

Wohnung nach der Scheidung

Ihre einstigen Bewohner,
welche bis auf weiteres
die vorhandenen Schlaf-
und Sitzgelegenheiten
benutzen und mitunter
ihre Mahlzeiten einnehmen,
halten weiterhin
Begegnungen ab.
In den Behältnissen
lagert ihre Habe.

Brechen sie irgendwo auf,
sagen sie manchmal noch,
sie gingen nach Hause.
Doch sie bemerken es sofort
und verbessern sich.

Aus alter Gewohnheit
ziehn sie beim Blick
auf das Loch in der Tapete
die Stirn kraus – aber
sie heben die Hand nicht mehr.

Hier
gibt es keine Zukunft
und keine Pläne,
hier verblassen Gewohnheiten
und Sitten,
hier bleibt die Luft kalt,
hier wohnt niemand.

An einem Tag

Ja geh nur, geh. Der Anfang hat kein Ende.
Bleib oder komme wie der erste Schnee.
Sieh in den Spiegel, sieh auf deine Hände,
und tu auch dir mit deinen Blicken weh.

Wart keine Antwort ab, sie ist für dich nicht richtig.
Verpack die Träume, ihre Zeit ist um.
Jetzt sind nicht Tränen und nicht Lächeln wichtig.
Ja geh nur, geh. Was jetzt noch zählt, ist stumm.

Zorn

Wenn du noch dachtest,
ich werde hinabsteigen
in das Halbdunkel
der kleinen Lügen,
um mich mit dir
in ihm zu verstecken,
so irrtest du dich.

Ich bin hinabgestiegen,
um deine Flucht zu beenden.

Zürne mir nur.
Das Unwetter der Wahrheit zu
bestehen,
nützt dir der Zorn.

Peruanische Flöte

Er saß am Wald
und hütete die Ziegen.
Er schnitzte sich die Flöte,
blies sein Lied,
damit sie ihn
am Fluß beim Waschen hörte.

Die Flöte fanden sie
nach neunmal tausend Jahren.
Das Lied ist fort.

Erfahrung

So
gehst du nicht
durch die Tür:
beuge dein Haupt.

Einzutreten
zu allen
ist schwer,
wenn du
von draußen kommst.

Aber einfach ist:
einer von vielen
zu sein.

Wer bist du?

Auf die simple Frage, wer sie sind,
sagen viele Leute ihren Namen.
Oder sagen, was sie grade tun
und wofür sie ihr Gehalt bekamen.

Auf die Frage, wer sie wirklich sind,
haben solche Leute nichts zu sagen,
und weil diese Frage ihnen peinlich ist,
meinen sie: So hat man nicht zu fragen.

Auf die Frage, wer es selber sei,
sagte mir ein Kind, vertieft ins Spielen:
Ich bin ich – das weiß ich ganz genau.
Diese Antwort wünsch ich mir von vielen.

Aber dann!

Du neuer Mensch
mit deiner Glatze,
deinem krummen Bein,
deinem zahnlosen Lachen
und deinen strahlenden Augen.
Noch bist du ohne Sprache,
noch liegst du auf dem Bauch.
Aber bald!
Aber dann!

Relativ

Der beste Kirschbaum ging im Wind
dem Bauern über Nacht zuschanden.
Er hat betrübt davor gestanden
und hat an den Verlust gedacht.
Doch auch sein jüngstes Enkelkind
ist mit ihm an den Baum gegangen.
Nun konnte es die Kirschen langen,
die sonst so unerreichbar waren –
und hat gelacht.

Ein Spiel

Da spielen Kinder Braut und Bräutigam
und sind entzückt.
Denn Bräute putzen sich
und Feste machen froh.
Und Kinder wissen gut,
wie man sich schmückt.

Der Bräutigam hat einen alten Hut
tief in die Stirn gerückt.
Er schreitet, wie ein Bräutigam es tut –
die Kniee durchgedrückt.
Die Braut hat einen Bademantel an,
ein Handtuch umgelegt und tut verlegen.
Ein drittes Kind trägt ihr die Schleppe nach,
weil Kinder Schleppen mögen.

Nur, warum alle Großen sich danach noch küssen
und traurig sind und sich betrinken müssen,
das finden diese Kinder nicht heraus –
und möchten es doch für ihr Spiel
so gerne wissen.

Lagebericht

Schon wagen
auf Straßen,
in öffentlichen Verkehrsmitteln
und auf Sportplätzen
gewisse Eltern
ihre Kleinkinder
nicht mehr offen
zu schlagen.
In Kraftwagen,
die persönlicher Besitz sind,
sowie in Wohnungen
kommt das noch häufiger vor,
aber schon
mit schlechtem Gewissen.
Die üblen Sitten
ziehen sich weiter
ins Private zurück.

Gegenwart

Sage die Verabredung mit der Glücksgöttin ab.
Du brauchst deine Zeit für den Zahnarzt.

Auch auf die Karibischen Inseln
wirst du nicht fahren können:
Der Klempner hat sein Kommen angesagt.

Und die Einladung in den Andromedanebel
zu den Bewohnern des siebzehnten Sternes
kannst du nicht annehmen.

Dein Nachbar hat keine Kohlen im Keller.
Wenn er nicht erfrieren soll, weil er alt ist,
wirst du einspringen müssen.

Urlaubsfrühstück

Aus den Federn kriechen
und sich kratzen.
Das Gesicht
in kaltes Wasser stecken.
Prustend
in die Speisekammer schlurfen.
Schnuppern, kosten
und mit großem Messer
eine Scheibe
von dem Schinken schneiden.
Warme Milch
mit einer Kelle schöpfen.
In der Hand das Glas
und Brot im Munde,
in den Garten treten,
um zu finden,
was an diesem Morgen
schmecken könnte.
Sich dabei
auf feuchten Rasen legen
und durch seine Kühle
zu erwachen.

Wann

Zeit zu haben für das Buch,
das seit Wochen wartend liegt.
Zeit zu haben für den Weg
zwischen grünbemoosten Bäumen,
Zeit zu haben für den Kahn,
der sich leer im Regen wiegt.
Zeit zu haben, um zu träumen.

Zeit voll Ruhe, still und satt,
wenn das Nötige getan,
wenn der Tag noch Stunden hat.
Zeit zu rasten. Frieden – wann?

Das Zimmer

Jedes an seinem Platz.
Die Bücher, das Bett,
das Schreibzeug
und der bequeme Stuhl.
Jedes jederzeit zu erreichen.
Bilder und schöne Gläser und
altes Zinngerät.
An den Fenstern die schweren Stoffe,
der glatte Boden
und weiße Lampen, daß Licht ist,
wo man es braucht.

Aufforderung

Laßt uns ein loses Liedlein mischen
aus lauter Lust und Schaum,
um es den Leuten aufzutischen
als Saft vom Lebensbaum.

Laßt uns mit spitzen Mündern singen,
mit angehaltner Luft,
wir wollen es dem Weisen bringen,
dem Kindlein und dem Schuft.

Singt laut für Liebe, Lohn und Lager,
singt auch aus reiner Lust!
Singt euch dabei die Wangen mager,
doch singt aus voller Brust.

Laßt Wasser aus den Augen laufen,
mit ausgerecktem Hals,
singt euch vom Regen in die Traufen,
ersingt euch Wurst und Schmalz.

An Wiegen, Galgen und am Grabe
schreit aus: Die Welt ist schön!
Gesang ist eine Menschengabe –
man wird euch schon verstehn.

Christophorus

Bis hin zum Morgengraun ergab Christophorus,
der alte Säufer, sich dem Weingenuß.
Als dann der Wirt ihm nichts mehr geben wollte,
zog er nach Haus, indem er allen grollte.

Im Magen übel und im Kopf benommen,
ist er dabei an einen Fluß gekommen,
woselbst er seinen Zeh ins Wasser tauchte,
um abzukühlen, was im Kopf ihm rauchte.

Dort hockte im Gebüsch ein loses Weib,
das hatte ihn, zu seinem Zeitvertreib,
geliebt und sich dabei zu wild benommen
und hatte dadurch einen Sohn bekommen.

Um ihn der Vaterschaft zu überführen,
gedachte sie, ihn durch das Kind zu rühren,
indem sie ihm den rotzbenasten Jungen
vors Auge führte, zwecks Erinnerungen.

Als er so saß, mit weinverklärtem Sinn,
schob sie den Sprößling heimlich vor ihn hin,
der sollte bitten: „Ach, Christophorus,
trag mich doch bitte durch den großen Fluß!"

Der alte, müde Zecher träumte grad,
als seiner Lenden Sprößling vor ihn trat,
von einer warmen Schenke überm Fluß
und leckte sich das Maul im Vorgenuß.

Doch weil der kleine Schmutzfink ihm gefiel,
ließ er sich arglos ein auf dieses Spiel
und sagte: „Komm nur her, du frecher Spatz,
auf meinem breiten Rücken hast du Platz."

Er hat ihn selbstverständlich nicht erkannt.
Er hielt ihn fest mit seiner linken Hand,
und lachend taumelte Christophorus
mitsamt dem Reiter in den breiten Fluß.

Doch hatte er dabei wohl nicht bedacht,
daß Wein die stärksten Männer schwanken macht,
denn an der tiefsten Stelle, mittendrin,
fiel er der Länge nach ganz plötzlich hin.

Der Bengel schwamm sofort ans Land zurück,
Christophorus stand auf, erhob den Blick,
rieb sich die Augen, wunderte sich sehr,
denn ringsum fand er keinen Buben mehr.

Und weil er blau und gottesgläubig war,
beruhigte er sich letzten Endes gar:
Ersoffen wird der Knabe wohl nicht sein,
sonst würde seine Mutter sicher schrein.

Auch kennt mein Gott die Reinheit meiner Seele
und möchte nicht, daß ich mein Ziel verfehle.
Was weiß ich schon von seiner Weisheit Tiefen?
Vielleicht war er es selbst? Um mich zu prüfen?

Und also stieg er froh verklärt ans Land
und lief, bis er die nächste Schenke fand.
Dort trat er triefend in den Schankraum ein
und bat die Leute um ein Gläschen Wein.

Die kannten ihn und hatten ihren Spaß;
sie sahen ihn zuvor noch nie so naß.
Er sagte stolz auf ihre blöden Fragen:
„Ich habe Gott durch diesen Fluß getragen!

Ihr sollt euch schämen, mit mir Spott zu treiben –
Herr Wirt, ich bitte, heute anzuschreiben!"
Der Wirt war einverstanden, und seither,
verbreitet er in aller Welt die Mär,

daß der Christophorus gleich zu ihm kam,
nachdem er Gott auf seine Schultern nahm.
Seitdem war er ein vielbesuchter Mann,
denn solche Fabeln ziehn die Kundschaft an.

Der Knabe aber war noch kaum an Land,
da zauste ihn die mütterliche Hand.
Sie fluchte wild und zog ihn bei den Ohren.
„Jetzt hast du deinen Vater doch verloren!"

Zille-Gedichte

Für Pinselheinrich

Wat du jesehn hast, war een bißken ville.
Wer so jut kieken kann, den jehts nich jut.
Det haste hinter dir. Nu liechste stille.
Doch vor dir ziehn se alle noch den Hut.

Du wahst jenau. Schmuh war bei dir nich drinne.
Wer deine Bilder kennt, der weeß Bescheid:
Det war Berlin im eijendlichen Sinne
in seine „unjeheuer jroße Zeit".

Du bist nich dotzukriegen, Vata Zille,
wie dein Berlin, det sich jemausert hat.
Denn wer uns heute sieht durch deine Brille,
der sieht so manchet scheene helle Blatt.

Ferdebuletten

Ick kann mir immer noch daran erinnern:
Mein Jroßvata hat oft davon jeschwärmt –
von dicken, jroßen Ferdefleischbuletten.
Am besten schmeckten sie ihm uffjewärmt.

Dann gab es viel, man wurde richtich satt.
Sie waren ihm das schönste Sonntagsessen.
Een Fund fürn Jroschen! Wern Jroschen hat –
doch leider hat er den nicht oft besessen.

Dienstmädchen

Sie würde gern mit euch ins Kino gehn
und hätte große Lust, sich umzudrehn.

Nicht, weil sie stolz ist, geht sie so vorbei –
sie hat erst in drei Wochen wieder frei.

Auf unserem Hinterhof

Auf unserem Hinterhof
steht ein Kastanienbaum.
In jedem Frühjahr
reckt er sich und blüht,
damit auch unser Hof
den Frühling sieht.

Sparverein hat Sommerfest

Jeder Pfiffige tritt ein
in den deutschen Sparverein.
Spart, was sich nur sparen läßt
für das große Sommerfest.
Da gibt man in Saus und Braus
alles Geld auf einmal aus.
Wer nischt hat, läßt sich nicht lumpen
und geht bei den andern pumpen.

Aber keiner pumpt allein,
darum wird zum Sparverein
noch ein Pumpverein gegründet,
den man äußerst nützlich findet,
weil sich *noch* ein Sommerfest
des Vereins erwarten läßt.
Denn das muß gefeiert sein.
Hoch! Es lebe der Verein!

Hoppejarten

Det is keen Ferd – det is een Satansbraten.
Der lahme Zosse schafft doch keen Jalopp!
Wenn der wat bringt, laß ick mir sauer braten.
Da kommste nich mal uffn jrünen Topp!

Wer wat von Ferde weeß, dut doch nich wetten.
Det weeß in Hoppejarten jedet Kind.
Wat ick an Ferde liebe, sind Buletten –
ick warte bloß, bis se jeloofen sind.

Droschkenkutscher

Een Droschkenkutscher
weeß, worum et jeht.
Der kennt die Welt,
die Ferde und die Leute.

Und tut er so,
als ob er nischt vasteht,
schiebt er den Priem
bloß uff de andre Seite.

Een Taxifahrer,
der dir nu kutschiert,
is janz jenau noch
von de selbe Sorte.
Der weeß sofort,
ob eener richtich is.
Der denkt sich seins –
ooch ohne jroße Worte.

Steppke mit Hut

Was ein Steppke ist?
Schwer zu übersetzen,
was Steppke hochdeutsch,
nach dem Duden heißt.

Ein Steppke ist ein kleiner Mensch,
der mehr vom Leben
als jedes Meyer-Lexikon
und jeder Brockhaus weiß.

Berliner Jörn

Wo bleiben bloß
die Jören von Berlin?
Die kann doch keener
heimlich auswärts schleppen!
Se werden groß –
und ihr Humor is hin.
Wo bleibt der Witz
aus ihren hellen Köppen?

Wo bleibt der Witz?
Bei ihren eignen Jören!
Der is unsterblich
wie die Stadt Berlin.
Ihr könntn heute noch
jenauso hörn.
Jeht uff de Straße,
hört mal richtich hin!

Auf die Berlinerin

Berlinerin,
du warst noch nie von gestern,
weil du mit Haut und Haar
von heute bist.
Was auch passiert,
du mußt darüber lästern.

Du fühlst genau,
was fauler Zauber ist.

Denn du bist nüchterner
als deine Schwestern:
Du glaubst nur dem,
der dich auch wirklich küßt.

Pensch

Geringelnatzt,
gemorgensternt,
und manchmal was
dazugelernt.

Pensch ist keine

Pensch ist keine
von den krusen
Ausgeburten kranker Hirne.
Pensch ist keine lose Dirne.

Vielmehr,
nach der Art der Musen,
eine Geistin feinster Sitte.
Pensch, die unaussprechlich schöne,
unaussprechlich kluge Mitte
aller deutschen Lampenschirme.

Auf das Drängen eines Jungen
ist sie – ohne die Gefahren
solcher Reisen zu mißachten
hier in diese Welt gesprungen.

Kam sie in das Erdenleben,
um den deutschen Dichtern eben
einen Reim auf Mensch zu geben.

Die Wunderärztin

Pensch eröffnet eine Ambulanz
für rachitische Gedanken.
Welche,
mangels geistiger Substanz,
welche,
gleichsam Früh- und Fehlgeburten,
stets,
bevor sie noch das Ohr erreichen,
stets,
an sogenannten Knochenweichen,
schwer erkranken.

Durch den Zustrom
der Patienten angeregt,
sammelt Pensch, vom Mitgefühl bewegt,
emsig kleine Spenden,
um sie,
durch den Zustrom angeregt,
zur Errichtung einer Zeilenklinik
zu verwenden.

Der Lektomat

Pensch,
gerührt vom Kummer der Verlage,
konstruiert an einem freien Tage
ein ergötzliches,
unschätzliches
Gerät,
welches
Antwort gibt auf eine Frage:
Warum dieses oder jenes Buch
nicht geht.

Ohne einen Autor je zu schonen,
wird von der Maschine festgestellt,
wobei der Verlag
sich jeder Äußerung enthält,
warum dieses Buch
den Lesern nicht gefällt.

Seitdem
ist mit Recht zu sagen,
daß mit sämtlichen Verlagen
alle Dichter sich vertragen.

Der Referat

Pensch
erstellte einen Referaten,
welcher,
ohne jede Vorbereitung,
den Gehalt der letzten Tageszeitung
referiert.

Keine noch so kleine Streichung,
oder etwa Wortabweichung,
ist ihm je passiert
oder auch geschehn.

Jeder,
der die Seiten schon gelesen hat,
kann getrost nach Hause gehn.

Kultur

Pensch, bewundert
von den meisten,
kunstbereisten
Herrn und Damen,
baute einen sogenannten
kulturellen Rahmen,

welcher,
ohne daß man ihn besonders faßt,
über jede noch so kleine
oder große
Tagung paßt.

Mittels der Verwendung
zweier Hebel
kann man dieses kulturelle Möbel,
ohne jede sonderliche Schulung,
leicht bedienen.

Leider ist die Sendung Nummer sieben
schon vergeben,
und die achte ist bis heute
nicht erschienen.

Das Wunderpapier

Pensch,
beileibe nicht so träg wie wir,
findet ein
besonderes Papier.
Welches,
wenn man es zum Druck verwendet,
jede Furcht vor unverkauften Exemplaren,
Ladenhütern, die nicht billig waren,
selbst beendet.

Äußerlich
nicht unterscheidbar anderen Papieren,
müht es sich,
an Umfang zu verlieren.
Ganz von selber
schrumpfen manche Werke
schon nach Wochen
bis zu Heftesstärke.

Bücher über siebenhundert Seiten,
welche Käufer inhaltlich monieren,
werden so
zu handlichen Broschüren.

Der Fluch

Pensch,
als würde sie verfolgt vom Fluch,
trifft,
bei ihren Streif- und Bildungszügen,
durch die Orte für das Geistvergnügen,
immer wieder auf ein schlechtes Buch.

Dieses,
ob versteckt in Bücherständen
oder schon
benutzt in Leserhänden,
macht ihr ständigen Verdruß.

Weil es,
äußerlich kaum unterscheidlich
von Lektüren, geistvoll oder leidlich,
zwar verspricht, doch niemals hält:
Genuß.
Weil es
nichts enthält als Stuß.

An der Art wie manche Leute reden,
statt zu denken, nur gedanklich lallen,
testet Pensch des schlechten Buches Schäden –
heil sei denen, die ihm nicht verfallen.

Trödel

Pensch zieht nun
mit einem Trödelwagen
durch das Land und sammelt
angeschnittne Fragen.
Die mit ihren stümperhaften Resten,
unsre Muttersprache arg verpesten.

Wo sie eine Frage findet,
die noch steht,
ob sie das konkret tut oder scharf,
schneidet Pensch sie,
ohne Zögern oder Zagen,
einfach an und packt sie
auf den überfüllten Trödelwagen.

Die Frage

Pensch betritt an einem Wochentage
ein Büro und stellt dort eine Frage.
Leise und mit sehr viel Höflichkeit
fragt sie, ohne alle Hintergründe,
welche man dort sicher nicht verstünde,
den Bürovorsteher nach der Zeit.
Dieser, als ein Mann, gewöhnt an Leute,
die mit Nachdruck stets ihr Recht verlangen,
bissig, wortkarg (und nicht erst seit heute),
ist seit diesem Tage oft befangen,
wenn ein Mensch an seinen Schreibtisch tritt.
Etwas, das er früher gar nicht litt.
Seit dem leisen, seltsamen Erlebnis
gibt er den Besuchern als Ergebnis
freundlich Grüße an Verwandte mit.

Warnung

Pensch erfand, fast gegen ihren Willen,
eine böse Art von Abschwörpillen,
die, genossen, jedermann in Ehren
möglich machen, allem abzuschwören.
Kommt ein Mensch zum Beispiel in Bedrängnis,
seine Meinung über Nacht zu wandeln,
um danach, im Widerspruch zu handeln,
zu der einzig richtigen Erkenntnis,
nimmt er, heimlich und in aller Stille,
diese kleine weiße Abschwörpille.
Ohne schädliche Begleiterscheinung,
wie, zum Beispiel, dem Verdacht zu lügen,
sollte man sich allzu hastig fügen,
ändert man im Nu die eigne Meinung.
Von den Religiösen, von den Frommen,
wird die Pille oft und gern genommen.
Mancher zählt sie zu den Wunderwaffen –
deshalb müht sich Pensch, sie abzuschaffen.

Verantwortung fehlt

Pensch erfand an gnadenreichen Tagen
ein Gerät: Verantwortung zu tragen.
Klein und handlich, ist es so gebaut,
daß ein jeder, den seit langem graut
vor Verantwortung, es ab und an

oder jederzeit benutzen kann.
Angeschnallt, vom Anzugstoff verborgen,
nimmt es seinem Träger alle Sorgen.
So gewappnet trägt er voller Schwung
jederzeit sehr leicht: Verantwortung.
Nichts behindert ihn beim Treten, Bücken.
Auch nach Jahren spürt er niemals Drücken.
Nur noch Nutzen! Garantiert kein Schaden.
Nie mehr Grund, sie andern aufzuladen.
So, als ob sie keine Last mehr wäre,
bringt sie ihrem Träger endlich Ehre.
Leider sind die Lieferungen knapp,
auch der Handel nimmt sie kaum noch ab.
Dort kann nämlich keiner sich bequemen,
die Verantwortung zu übernehmen.

Lehrstuhl

So,
von aller Welt gefürchtet und geliebt,
lebt sie,
ganz im Sinne ihrer Sendung,
lebt sie,
bis zu ihres Werks Vollendung,
bis zu der erfolgten Gründung
eines Lehrstuhls
ihrer nützlichen Erfindung,
froh an diesem schon besagten Ort.

Bis sie,
als die Schar der Schüler schon genügend,
sich dem Drange ihres Geistes fügend,
sich aus dieser Stadt begibt
und fort.

Das Schönste

O ja, das Leben ist schon das Schönste,
oder was meint ihr, ihr Börsenmänner,
Spekulanten, Ausbeuter, Massenmörder?
Oder was meint ihr, Selbstmörder, Pfaffen,
Betschwestern, Wahrsager und so weiter?
Oder ihr großen und kleinen Denker,
ihr Verliebten mit erfüllter und unerfüllter
Liebe, Mütter mit großen und kleinen Kindern?
Ihr Erfinder und Bildermaler und Schlagerdichter?
Und Gerichtsvollzieher und Krankenschwestern
und Doktoren aller Arten und Ehrlichkeiten?
Oder ihr Arbeiter mit dem Ehrgeiz, gut zu arbeiten,
oder ihr Bauern mit dem Ehrgeiz, gut zu ernten?
Das Leben ist schon das Schönste.
Mit all seinem Hol's-der-Teufel
und Macht-keinen-Spaß-mehr und Wunderbar
und Glücklich-sein und Jeden-Tag-wieder-neu.
Mit essen und schlafen und lieben und
wieder essen und trinken und arbeiten
und Erfolg haben und Mißerfolg haben
und überhaupt.
Ich sage: Das Leben ist das Größte und Schönste.
Und wenn es dreimal so schwer wäre
und dafür dreimal so lang –
ich würde es leben.

Der Selbstmörder

Er war ein Mann von fünfunddreißig Jahren,
beruflich sehr erfolgreich und geschätzt –
zum Teil, zum Teil jedoch beneidet,
von Leuten, die man neben ihn gesetzt,

denn er verstand es, mit Gewinn zu wirken.
Was man ihm in die Hand gab, es gelang,
auch wenn es ungeheure Kraft verlangte.
Kein Vorgesetzter sprach ihm dafür Dank.

Im Gegenteil, er kannte kaum noch Muße,
von Pflicht gehetzt, lud man ihm Pflichten auf,
und wie ein Lasttier mußte er sich plagen.
Er schleppte Berge auf den Berg hinauf.

Wenn er dann ausgehöhlt sein Heim erreichte,
die Kinder und die Gattin vor sich sah,
empfingen sie ihn ebenfalls mit Klagen –
in ihrem Leben war er kaum noch da.

In einer Nacht, als er nicht schlafen konnte
und ganz allein mit seinen Sorgen lag,
da faßte er den Plan, sich selbst zu morden –
und als es tagte, schritt er schon zur Tat.

Er schrieb den Brief, der alles dies erklärte,
dann kaufte er von seinem letzten Geld
Hut, Anzug, Schuh und neue Socken
und trat gerüstet an den Rand der Welt.

Das heißt – am Abend trat er, so gekleidet,
an einen See und dort an einen Kahn,
den stieß er, Hut und Brief enthaltend, ab vom Ufer
und stieg erleichtert in die Eisenbahn.

Am Morgen fand man Kahn und Hut und Schreiben
und suchte eifrig auf des Wassers Grund
mit starken Netzen und mit langen Stangen –
sein Leib gehörte nicht zu ihrem Fund.

Als keiner kam, an seiner Tat zu zweifeln,
hat die Behörde ihn für tot erklärt.
Danach entband man ihn von seinen Pflichten
und trauerte um seinen großen Wert.

Der Tote las den Nachruf in der Zeitung,
er kaufte sie auf einem Bahnhof ein,
und war zufrieden mit den Nekrologen.
Der Mann genoß es, endlich frei zu sein.

Im Hochgebirge ist er ausgestiegen,
ging noch zwei Tagesreisen weit zu Fuß,
traf einen Bauern, half ihm bei der Ernte
und badete danach im nächsten Fluß.

Der Bauer fragte nichts und ließ ihn bleiben.
Bei harter Arbeit wuchs ihm so das Haar,
er hütete gemächlich Kuh und Ziegen,
bis er sich selber nicht mehr ähnlich war.

Dann aber ist er an ein Weib geraten,
die nahm ihn erst ins Bett und dann ins Herz.
Zwar wollte er sich nie mehr häuslich binden –
doch ihre Liebe blieb für ihn kein Scherz.

Bisher war er den Fragen listig ausgewichen,
besonders denen nach Vergangenheit.
Doch wem gelingt es, vor der Frau zu schweigen,
die man im Bett hat und für lange Zeit.

Er schwieg jedoch, wie sie ihn auch bedrängte,
und schützte Arbeit vor. Er tat sehr viel.
Er half dem Schmied, dem Böttcher und dem Schreiner,
er reparierte auch das Glockenspiel,

er sang im Kirchenchor, er half dem Lehrer,
bis er für alle unentbehrlich war.
Bald glich sein Leben in dem kleinen Dorfe
dem Leben, das davor war, bis aufs Haar.

Denn er verstand es, mit Gewinn zu wirken,
was man ihm in die Hand gab, es gelang.
Er brachte neue Sitten zu den Leuten,
schob keine Lösung auf die lange Bank.

Im Gegenteil, er kannte kaum noch Muße,
von Pflicht gehetzt, lud man ihm Pflichten auf,
bald mußte er sich wie ein Esel plagen
und schleppte Berge auf den Berg hinauf.

So führte er ein neues wirres Leben.
Auch Kinder kamen, denn er war ein Mann.
Er dachte manchmal an sein erstes Dasein –
sein alter Hut erinnerte daran.

Unausweichlich

Da ist ein Weg,
den du trottest:
mit nassen Füßen,
mit unbezahlten Rechnungen,
mit Liebeskummer,
mit Existenzangst,
mit Kopfschmerzen.
Nichts siehst du mehr.

Sie sieht dich kommen
und duckt sich,
spannt, reckt sich und lauert.
Schon bist du vorüber,
da springt sie
und sitzt dir
schon wieder
im Nacken:
Die Hoffnung.

Ungläubige!

Jeder Mensch –
doch wer glaubt schon daran –
hat im Leben nur einen Tag,
an dem er fliegen kann.
Wenn er da
seine Arme hebt,
wird es sein,
daß er schwebt.

Aber wann
kommt für jeden der Tag,
wo er einfach
zu fliegen vermag?
Man erkennt ihn
woran?
Unter uns:
Auch nicht einer kann wagen,
jeden Tag
mit den Flügeln zu schlagen.
Seht euch um.
Seht euch an.

Also flog noch kein Mensch
überhaupt.
Wohl, weil keiner es glaubt.

Selbstporträt im Wasser

Im Wasser liegt er, einer Pflanze gleich,
die weißen Glieder kraftlos hingegeben
den warmen Strudeln, bis er fast versinkt,
dann rührt er sich, um weiterhin zu schweben.

So treibt er schon im Himmel, noch im See.
Mit schmalen Augen, beinah überwachen,
sieht er den Booten nach, den Vögeln zu
und hört nach innen auf sein faules Lachen.

Hört sich das Wasser an, hört auf sein Herz
und singt zu seinen tiefen Atemzügen
ein dummes Lied, das keiner hören darf,
und möchte nichts als immerfort so liegen.

Die Sonne

An diesem Morgen trat er nur hinaus,
weil ihm zu dunkel in der Seele war.
Viel zu geduckt, dicht über seinem Haar,
schien ihm mit einem Mal das eigne Haus.

Gewohnt, ein Leben lang gebeugt zu stehn,
hielt er den Blick noch lange auf den Schuhn.
Doch weil von nirgends eine Strafe kam,
sah er zum Himmel, sah sich staunend um.

Nur Blau und Nichts, und mitten stand das Licht,
er schien zu klein für diese Sonne da.
Da aber reckte seine Seele sich:
denn hell war alles, was er um sich sah.

Welt im Kopf

Und mit sich trug er immer die Vision
der heilen Welt,
auch als er zwischen Schlachten,
in denen eine Welt zerstückelt wurde,
traumlos schlief.

Erst als das Messer
schartig aus den Händen fiel
und er die Kelle
wieder nehmen wollte,
zerfiel,
was in den Kämpfen heil war,
auch in ihm.

Großer Mann

Woran erkennt man
einen großen Mann?

Ein großer Mann spürt,
was alle Leute spüren.
Aber:
er spürt es genauer.

Ein großer Mann sieht,
was alle Leute sehen.
Aber:
er sieht dahinter.

Ein großer Mann macht,
was alle Leute machen.
Aber:
er macht es richtiger.

Ein großer Mann will,
was alle Leute wollen.
Aber:
er will es für alle.

Daran erkennt man,
wenn man ihn erkennt,
einen großen Mann!

An meine Generation

Nie ist bekannt geworden,
daß der Erfinder des Dieselmotors
vom Erfinder der Dampfmaschine
verdächtigt worden wäre,
wieder errichten zu wollen
die Herrschaft der Pferdebahn.

Ausbeuter

In den Erinnerungen
eines Ford-Autoverkäufers
konnte ich lesen, wie sehr
dieses weitverzweigte,
selbstbewußte Unternehmen
interessiert war
an einer vollständigen Liste
aller Gründe der Leute,
die kein Auto der Firma Ford
zu kaufen bereit waren.
Jedes noch so simple Vorurteil
sollte in Erfahrung
gebracht werden.
Mindestens diese Kenntnis
meinte der Ford-Konzern
seinen eigenen Zukunftsplänen
schuldig zu sein.

Der Brüller

Auf meinem Siegelring
ein markiges Männergesicht.
Kleine Augen, kleine Nase,
keine Ohren –
aber ein mächtiges Maul.

Der Brüller sieht nichts,
der Brüller hört nichts,
der Brüller denkt nichts,
der Brüller brüllt.

Irrtum eines Dichters

Er wollte keine Welt mit Worten bessern.
Er wollte schlichten zwischen hin und her.
Er trug die Speisen nicht zu satten Essern,
er trug die Tropfen nicht ins volle Meer.

Die Leute sagten: Dieser hat Gesichte.
Er sah durch Zweifel ihre große Not.
Er bannte seine Furcht in die Gedichte.
In seiner Ohnmacht liebte er den Tod.

Über den Stoff

Der Stoff,
aus dem der Mensch gemacht ist,
hat sich nicht verändert.
Die Konstruktion blieb gleich,
seit wir uns kennen.

Bis auf die Unterschiede
zwischen den Geschlechtern
ist diese Grundform
für die Art verbindlich.
Was also hat der Mensch
an sich verbessert?

Die Menschen unterscheiden sich
allein im Kopf.
Da aber
sind die Unterschiede
ungeheuer.

Legende

Aus der Zeit, als sich Besitz noch lohnte,
bringt uns die Legende den Bericht,
daß bei Häuslern auch ein Weiser wohnte,
der belehrte sie aus Menschenpflicht.

Güter hatte dieser Meister keine.
Auf dem Stroh des Feldes lag sein Haupt.
Sandig war sein Brot und dünn die Weine,
doch ihm wurde, wenn er sprach, geglaubt.

Zwischen Hütten, schief, mit krummem Rücken,
stand sein Dach – recht windig war sein Haus.
Wer da einging, hatte sich zu bücken –
doch die Leute gingen ein und aus.

Abends ging er oftmals auf die Märkte,
setzte sich und sah den Händlern zu.
Sah den Töpfer, wie er sang und werkte,
legte sich gedankenvoll zur Ruh.

Einmal drang von seinem Tun die Kunde
zu dem reichsten Manne seiner Stadt.
Dieser holte ihn zur Mittagsstunde,
fragre ihn, was er zu lehren hat.

Und er setzte ihn, den niemals satten,
auf den besten Platz an seinem Tisch.
Zeigte ihm die fleischgefüllten Platten,
ließ ihn riechen an Gebäck und Fisch.

Sagte heiter: „Ist von deinen Sprüchen
einer mehr als diese Schnepfe wert,
dann befehle ich, dir aufzutischen,
du kannst essen, was dein Herz begehrt."

Groß war das Gelächter auf dem Feste.
Achtundzwanzig auserwählte Herrn
waren dieses Mannes Mittagsgäste,
denn sie hatten seine Späße gern.

Seufzend rieb der Weise seinen Magen,
sog den süßen Duft der Speisen ein,
war bereit, die Kränkung zu ertragen,
und ging willig auf den Handel ein.

Lächelnd griff er in die Mantelfalte,
suchte lange, bis er endlich fand,
und dann hielt der krumme, weise Alte
eine schöne Kette in der Hand.

Zwischen seinen Greisenfingern glänzten
dreißig Perlen, hell wie Sonnenschein.
Und es schien, als ob sie sich ergänzten,
alle waren gleichermaßen weiß und rein.

Alles staunte. Er sah um sich, sagte:
„Dreißig Perlen, keine scheint euch schlecht.
Als ich meinen kranken Lehrer fragte,
sprach er sterbend: ‚Eine ist nur echt.

Nimm die Kette, nimm dazu die Lehre:
Viele Jahre suchte meine Hand,
welche wohl die echte Perle wäre.
Suche du – ich hab sie nie erkannt.

Viele glänzen, wähnen sich erhoben,
und sind innen immer stumpf und blind.
Nur das Salz der Wahrheit kann erproben,
wo die wirklich echten Perlen sind!'

So mein Lehrer. Friede seiner Asche!"
Sprach der Alte. Stille war im Haus.
Dann tat er die Perlen in die Tasche,
schwieg und aß und trank und ging hinaus.

Die Warnung

Sie hörten von schlimmen Verfolgungen
mordender Feinde
jenseits der Berge.
Dörfer würden verbrannt,
Frauen geschändet,
Männer erschlagen,
Kinder gespießt und Vieh weggetrieben.

Der Bote war zuverlässig.
Immer brachte er pünktlich
die Nachricht vom Steigen der Flüsse im Frühjahr.
Immer wurde er freundlich bewirtet,
die Nachricht gehört,
sein Ratschlag geachtet
und nie die Geschenke vergessen.

Diesmal jedoch
war Korn auf den Feldern,
das Wetter zur Ernte geeignet
und Opferkuchen bereitet.

Der Bote wurde bewirtet,
seine Worte gehört,
Geschenke wurden gegeben.

Doch Korn war auf den Feldern,
das Wetter beständig
und Erntefeiern wurden gerüstet.
So traf sie der Feind bei der Ernte.

Das Leben behielten nur drei.
Sie waren ausgezogen
gegen die Feinde.

Die Kirschenballade

In dem Land, wo warme Zeiten
kurz und leider selten sind,
wo sich Frost und Regen streiten,
reifen sie im Sommerwind.
Reifen sie im Sommerregen,
werden rot und süß und glatt,
danach pflückt man sie und bringt sie
fort in eine graue Stadt.

In der Stadt, so steht geschrieben,
haust ein großer, grauer Mann.
Dem ist so viel Macht gegeben,
daß er alles haben kann.
Dazu braucht er sehr viel Kräfte.
Deshalb bringt man in sein Haus
alle roten Kirschensäfte.
Ganz allein trinkt er sie aus.

Ganz allein. Und alle Kinder
sehen ihm beim Trinken zu.
Doch es schlürft der graue Schinder
seinen Saft in aller Ruh.
Durch die leeren grünen Bäume
streicht der kalte Regenwind,
bringt bis in des Schinders Träume,
daß die Kinder durstig sind.

Durstig sind sie, und es stört ihn,
daß sie nach den Kirschen schaun.

So befiehlt er, alle Bäume
an den Wurzeln abzuhaun.
Abzuhauen und zu bringen
in sein kaltes graues Haus.
Bald danach hört man ihn singen,
und er sieht zufrieden aus.

Seine Polizisten reiten
um sein großes Haus herum.
Sehen sie ein Kind von weitem,
schießen sie es einfach um.
Aber schon im nächsten Frühjahr
geht er ganz verwirrt umher.
Nun verflucht er seine Äxte,
denn die Bäume bleiben leer.

Leer wie seine grauen Adern,
die nun ohne Kirschblut sind.
Schwach liegt er in seinen Federn,
langsam wird er stumm und blind.
Heulend liegt er bis zum Morgen
in dem stillen grauen Haus,
und an diesem grauen Morgen
tragen sie ihn tot hinaus.

Wo man für ihn Kirschen preßte,
in ein Loch, zur letzten Ruh,
wirft man eilig seine Reste.
Nur die Kinder schauen zu.

Schauen zu, und mit den weißen,
nackten Kernen in der Hand
sieht man sie am Abend spielen,
spielen sie damit im Sand.

In dem Land, wo warme Zeiten
kurz und leider selten sind,
blühen über allen Weiten
Kirschen weiß im Sommerwind.
Reifen bald im Sommerregen,
werden rot und süß und glatt,
und dann pflückt man sie und bringt sie
allen Kindern in der Stadt.

Das Ziel

Aufatmend steht er am Gipfel, den er mit Mühe erreichte,
blickt auf das Tal, das so weit vor ihm liegt,
 und erfreut sich des Anblicks,
weit und besonnt liegt es da, wie ein hellgrüner Teppich,
kostbar mit Blumen bestreut in den sanftesten Farben.
Nirgendwo sah er Gefahr, alles leuchtete offen und
 freundlich.

Nichts, was dem Auge im Weg war, und er spürt in
 den Füßen
Lust auf den heiteren Lauf, leicht und von gar
 nichts behindert,
bis in die Ebne hinein, und er wendet sich rückwärts,
blickt mit dem Lächeln des Siegers zurück auf die Berge,
die er bis heute bezwang. Doch auch sie sind vom Gipfel,
den er erreicht hat, zu sehn, wie ein welliges Fließen,
so als bedecke ein gründunkler Teppich die
 schroffesten Felsen,
schön und harmonisch und wechselhaft Helles und
 Dunkles –
fast wie ein Spiel, das den Wanderer lockt mitzuspielen.

Nichts ist mehr sichtbar von unüberwindlichen Schluchten,
hier brüllen nicht mehr die Wasser, die ihn beinah
 verschlangen,
auch sieht er nicht mehr den Felsen, der fast ihn getötet.
All das liegt fern, und die Ferne verwischt solche Spuren.
Doch er erschrickt bis hinein in die tiefesten Tiefen.

Was er bezwang, war die Hölle – vor ihm liegt der Himmel.
Jetzt noch verkrampft sich sein Herz im Gedenken
der Grauen,
die er nur deshalb bezwang, weil die Hoffnung auf Himmel
ihn wie mit Tollkühnheit trieb – durch die größten
Gefahren.
Himmel war abends sein Wort und am Morgen das erste,
Himmel war Wasser und Brot, wenn sein Leib ihm
die Dienste versagte.

Nun lag der Himmel vor ihm – und mit furchtsamem
Zaudern
sah er noch einmal hinab auf den hellgrünen Teppich,
seufzend begann er den Abstieg – jeder Schritt
schien ein Wagnis.
Zögernd nur hob er den Fuß – in den Augen die Sonne.

Der Weg ins Nichts

Anfangs lebte er wie irgendeiner.
Er war jung und außerdem ein Mann.
Er bekam sein Geld als Möbelschreiner –
auch die Frauen sahen sich ihn an.

Eines Tages kam ihm der Gedanke,
daß sein Leben nichts als eitel sei.
Überall nur Kummer, Hast, Gezanke –
und er wünschte sich von alldem frei.

Immer nur für seinen Leib zu sorgen,
ständig schaffen, was zu Staub zerfällt,
sich aus Träumen Sinn und Hoffnung borgen
für das eigne Wohl in dieser Welt.

Zu vergessen, daß er sei ein solches Wesen,
zog der Mann sich Schuh und Mantel aus.
Um von den Begierden zu genesen,
ging er nachts an einen See hinaus.

Um sich dort von Kräutern zu ernähren
und vom Wasser, das der See ihm läßt,
stieg er in die stark verzweigten Föhren
bis hinauf ins oberste Geäst.

Baute dort, gewiegt von Abendwinden,
aus den Zweigen einen Lagerrost.
Niemand sollte ihn von nun an finden,
käme auch zum Regen noch der Frost.

Sieben Tage lag er in den Zweigen
und sah zu den Föhrenwipfeln auf.
Unter ihnen lernte er das Schweigen
und erkannte unsres Mondes Lauf.

So, von keinem Auge zu erblicken,
ruhte er im dichtesten Geäst.
Lang hing Bart und Haar. Mit wundem Rücken
hielt er noch an seiner Absicht fest.

Unter ihm war Sonntag. Leute kamen,
setzten sich an seines Sees Rand,
und er hörte viel Gelächter, Namen
und Gespräche, die er nicht verstand.

Ob im starken Wind die Föhren schwangen,
Regen fiel und Sonne auf ihn schien,
Vögel über seinem Leibe sangen –
was auch war – es galt nicht mehr für ihn.

Manchmal, nächtlich, stieg er noch zur Erde,
trank noch Wasser, sammelte noch Kraut,
eilte sich, daß es nicht Morgen werde
und ihn doch ein früher Gast erschaut.

In der Stadt durchforschten sie sein Zimmer,
zählten seine Habe, und erstaunt
suchten sie nach eines Fortgangs Schimmer,
haben noch Erklärungen geraunt,

sagten schließlich: Dieser ist gegangen,
ohne daß er Nachricht hinterließ.
Niemand hatte sehr an ihm gehangen,
und sie wußten nur noch, wie er hieß.

In Papieren ist sein Fall zu finden.
Seine Sache gilt als ungeklärt.
Niemand fahndet mehr, denn sein Verschwinden
gilt als sicher. Bald ist es verjährt.

Kinder, die nach Pilzen suchen mußten,
kamen eines Tages an den See,
hörten über sich ein schwaches Husten,
eines schaute ängstlich in die Höh.

Seufzend hörte er die Kinder singen,
lange lauschte er den Stimmen nach.
Als die ersten Zweifel durch ihn gingen,
war er für die Rückkehr schon zu schwach.

Erst nach Jahren, als dort Straßenbauer
Bäume fällten für das Straßenbett,
fanden sie, gepackt von kaltem Schauer,
in den Föhrenzweigen sein Skelett.

Wunsch

Wenn der Mensch eine Mutter hätte,
die ihn aufnimmt am Ende,
wie eine Mutter ihn hergab
am Anfang –
wie leicht wär der Tod.

Über Höheres

Dort,
auf den Gipfeln des Ruhmes,
liegt ewiger Schnee.
Treff ich auf einen,
der dort war,
steht ihm der Frost in den Augen,
und sein Gesicht
bleibt noch lange erstarrt.

Modern Time

Gestern abend
rief der Tod bei mir an.
Es war drei Viertel zehn.
Für Sie liegt,
sagte der Tod mit einer Frauenstimme,
seit vier Minuten
ein Leichnam bereit.
Bitte melden Sie sich
gleich morgen früh
um acht.
Dann legte er auf.

Früher stand an der Tür
ein erschreckter Bote,
der hineingebeten werden mußte,
mit seinem Unheil.
Dann kam das bange Schweigen
der Verlegenheit.
Dann sagte der Bote
die Nachricht auf.
Von Gesicht zu Gesicht.

Wenn der Tod
wieder bei mir anrufen sollte,
werde ich ihm sagen:
Falsch verbunden.

Katastrophe

Die letzte Sturmflut lehrte außerdem:
daß Leute, fernbeheizt im Licht des Wechselstroms,
ans Telefon gewöhnt und an den Tourenwagen,
gewöhnt an warmes Wasser und an Fernsehtruhen,
daß solche Leute angesichts der Fluten
auf einen Nachbarn angewiesen waren,
den sie zuvor noch nicht beim Namen kannten.

Über das Sichere

Sie wohnten seit sieben Geschlechtern
auf diesem sicheren Land.
Denn fest waren Berg, Haus und Frieden,
so fest wie ihr Herz, ihre Hand.

Da forschten die Geologen
und kamen dabei überein,
die Festigkeit hätte getrogen,
der Berg könnte unsicher sein.

Es stände seit sieben Geschlechtern
ihr Haus über einem Vulkan –
der zwar seit Jahrhunderten ruhte.
Doch hat er das immer getan?

Sie zogen, nach sieben Geschlechtern,
davon aus dem sicheren Haus.
Sind alle Nomaden geworden,
sie hielten es nirgends mehr aus.

Der Sturz des Ikarus

Einst, als Ikarus den Himmel sah,
sah er Blitz und Sonne, Sturm und Regen.
Götter ahnte er auf ihren Wegen,
und die Vögel waren immer da.

Einmal wollte Ikarus ein Vogel sein,
in das über ihm Gewaltige zu steigen.
Aufzuschwingen in das Licht, das Schweigen,
gab ihm jeder seiner Träume ein.

So flog Ikarus. In naher Zeit
steigt der Mensch zu anderen Planeten.
Statt der Götter ziehen schon Raketen,
und es hängen Bomben dort bereit.

Ikarus kam nackt und ohne Wehr.
Aus der Sonne, blind und noch verwegen,
stürzte er der Erde stumm entgegen,
und er warf sich in das laute Meer.

Nie mehr wollte Ikarus ein Vogel sein.
Nur ein Wunsch war noch: dem Fisch zu gleichen.
So die dunkle Tiefe zu erreichen,
drang er suchend in die Stille ein.

Ikarus versank. Und tief im Meer
liegt mit ihm sein letzter Wunsch begraben.
Dieser Wunsch, den so viel Träume haben:
Gebt mir meinen Himmel wieder her!

Adventsingen

Die frommen Lieder welken in den Seelen.
Sie bröckeln wie die Fresken in den Gängen
der alten Kirchen. Viele Strophen fehlen.
Nur ihre Einfalt ist noch in den Klängen.

Da sitzen junge Städter eng beisammen.
Das sanfte Spiel der Flöte macht sie leise.
Die Stimmen flackern im Gesang wie Flammen
und tönen einem alten Gott zum Preise.

Das Neonlicht macht ihre Augen nüchtern.
Das Lied zerfällt, das Radio tönt, sie tanzen.
Der weiche Glanz der alten ernsten Stanzen
schmilzt auf den jungen, heiteren Gesichtern.

Fürstenberger Ballade

Drei Jungen fuhren nach Fürstenberg,
drei tüchtige Zimmergesellen.
Sie hatten das Leben gründlich satt
in dem Dorf, das nur siebzehn Häuser hat,
und ließen dem Meister bestellen:
        Gott sei mit uns und Ihnen –
        wir fahren Geld verdienen.
Der eine hieß Kurt. Er war lange verlobt
und sparte verbissen für Betten.
Dem langen Werner war alles egal,
ihm war sein Leben schon lange zu schal,
er würde die Hölle verwetten.
        Und Robert folgte ihnen –
        er wollte auch verdienen.

Sie kamen gerade zur schlimmsten Zeit
und mußten nicht lange bitten.
Ein Strohsack lag für sie bereit,
und schlief man darauf auch zu zweit –
sie fragten nicht nach den Sitten.

Doch weil es gerade Winter war,
war Sand und Holz gefroren.
Der Eiswind fegte durch ihr Haar,
und warme Kleidung war dort rar,
der Frost zerbiß ihnen die Ohren.

Der Abend trieb sie naß und müd
zurück in die Baracken.

Sie krochen in das Stroh zu dritt,
sie nahmen klaren Wodka mit –
und mußten die Läuse zerknacken.

Kein Kino gab's und kein Lokal –
nur schlechte Zigaretten.
Kurt kaufte Blutwurst, Schmalz und Brot
und schlug mit Schnaps die Sehnsucht tot –
er dachte an Ruth und die Betten.

Den Robert fraß das Heimweh auf,
die Schienen und die Wanzen.
Er lief ins übernächste Dorf,
drei Stunden lang durch Sand und Torf,
dann fand er ein Mädchen zum Tanzen.

Fast vierzehn Tage blieb er fort
und hat sein Geld versoffen.
Dann warf ihn die Partei hinaus
und schickte ihn ins Dorf nach Haus.
Das hat ihn am schwersten getroffen.

Der Werner lief herum und war
der finsterste von allen.
Er machte ruhig seine Tour,
doch kam ihm irgend jemand stur,
dann ließ er sich kaum was gefallen.

Als doch der Kurt nach Hause fuhr,
um seine Ruth zu holen –
da sagte Werner, laß sie weg –
sie geht dir ein in diesem Dreck –
Mensch, schick ihr doch die Kohlen!

Im Frühling war Robert wieder da.
Er hatt es nicht ausgehalten.
Sein Dorf war wirklich viel zu klein,
er paßte da nicht mehr hinein.
Nun lernte er Lager verwalten.

Als dann das Werk fast fertig war,
hat Kurt die Ruth verlassen.
Er war ein guter Zimmermann,
Ruth kam's nur aufs Verdienen an,
das konnte ihm nicht mehr passen.
    Er wollte Sachen dienen,
    die ihm vernünftig schienen.
Da waren Robert, Werner, Kurt
und ein paar tausend Leute.
Die machten da die Erde glatt
und bauten Eisenhüttenstadt –
nicht schlecht – das weiß man heute.
    Bedankt euch mal bei ihnen,
    sie würden das verdienen!

Mißerfolg

Zusammen kamen wir,
zu verbessern gemeinsame Arbeit.
Lange geplantes Treffen. Nun
wissen wir, unsere Arbeit war nutzlos.
Nutzlos also sind auch
Verbesserungen. Umstände,
nicht von uns zu bestimmen, stürzten
die Lust ins Leere. Nun
sitzen wir beieinander,
um wenigstens eines zu haben:
das Beieinandersitzen.

Der Mensch im Wald

Er ging in Hemd und Hose, Strumpf und Schuh
und hatte in der Tasche nichts als Geld.
Da war kein Weg. Er suchte nichts als Ruh,
und seine Uhr lag in der Häuserwelt.

Er lief allein durch wuchernde Natur,
und über ihm war nur der Himmel da.
In Gras und Moos verlor sich seine Spur,
und grün war alles, was er um sich sah.

Er hörte Wind und hörte Vögel schrein
und hörte seinen eignen Atem gehn.
Und was er sprach, sprach er mit sich allein,
nur manchmal sah er, weitab, Tiere stehn.

Als er sich legte, weil er müde war,
war unter ihm die Erde kühl und schwer.
Er lag auf ihr, als wäre Haut und Haar
das einzige Vertraute um ihn her.

Hier war in Gras und Baum, in Tier und Wind
nur das Gesetz zu spüren, das schon immer galt.
Das starb und lebte, willenlos und blind,
und wurde immer wieder Tier und Wald.

Da sehnte er sich sehr nach Haus und Tisch,
nach Brücke, Buch und Bild, und nach der Stadt,
nach seiner Arbeit, weil es Arbeit war,
die eine Menschenwelt geschaffen hat.

Und er stand auf, und wieder war er hier,
wo auch sein Anbeginn im Dunkel lag,
der Gott, der herrschen konnte über Wald und Tier –
und sehnte sich nach seinem Schöpfertag.

II

Ermitage

Unter all diesen Gesichtern,
die mir die alten Meister zeigen,
ist auch nicht eines zu finden,
das nicht schon neben mir war.
So jung ist die Welt, und
so groß waren die alten Meister.

Über meine Mutter

In der Zeit, als sie mich aufzog, hatte
sie nicht Zeit für andre. Leben wollten
und gesund sein sollten wir, die Kinder.
Und darüber ist kein Gras gewachsen.

An dem Tisch, an dem wir saßen, wollte
jeder satt sein. Sattsein war sehr selten,
doch sie ist noch seltner satt geworden.
Auf dem Stuhl an unsren Betten sollten
morgens Hosen liegen, heil und sauber.
Wenn sie still saß, saß sie ohne Ruhe.

Wir sind stärker, sie ist schwach geworden.
Heute wohnen wir in andren Städten,
heute ist der Tisch, an dem wir saßen,
nur für sie da, nur für sie ihr Essen.
Heute rückt sie ihren Stuhl ans Fenster
und kann zusehn, wie die Bäume wachsen.
Doch sie sieht nur in das Dorf hinunter,
wo der Bus hält. Ob die Kinder kommen.

Eines Tages fing sie an zu sorgen,
daß die Fraun im Dorf die große Wäsche
mit Maschinen waschen. Sie schrieb Briefe,
sprach mit Leuten und besuchte Ämter.
Aber davon wird die Zeit nicht kürzer,
und die Kinder kommen doch nicht öfter,
und die Bäume wachsen doch nicht schneller.

Heute hat sie Zeit, an sich zu denken.
Und was macht sie jetzt: sie denkt an andre.

Mein Vater

Er hat mich nicht gezeugt. Er war mein Vater,
weil er die Sorge für mich übernahm.
Er machte ungelernte, harte Arbeit,
damit er seinen Wochenlohn bekam.

Er gab mir Essen, Hosen, Bett und Prügel,
er ging mit mir zum Tierpark und zum Sport.
Von seinem Geld bekam ich Spiel- und Schulzeug.
Doch wenn ich mich bedankte, ging er fort.

Ich hatte Angst vor ihm. Er war nicht freundlich.
Er wurde nur gesprächig, wenn er trank.
Doch trug er mich quer durch die Stadt zum Doktor
und hatte Kummer. Ich war sehr oft krank.

Ich lernte bei ihm, wie man Stubben rodet
und wie man Schnee vor fremden Türen fegt.
Er zeigte mir auch, wie man Pferde striegelt
und wie man grüßt, wenn man die Mütze trägt.

Ich trage seinen Namen, bin erwachsen.
Er ist verbraucht und arbeitet nicht mehr.
Er sitzt und schweigt und starrt auf seine Hände.
Doch, wenn ich ihn besuche, lächelt er.

Einer meiner Lehrer

Von meinem Großvater,
dem Dachdecker,
lernte ich, außer Dachdecken,
noch dies:
Wie man sich
einen Hammer zuwirft.
Man zielt auf die Nase.
Fängt der andere –
oder fängt er nicht:
Es geht ihn an.

Onkel Augustin

Er blieb den Seinen nicht das Kleinste schuldig,
er zog mit seinem Schleifstein durch das Land
und schärfte fremde Messer, aß geduldig,
was man ihm gab, und schlief, wo er was fand.

Ein wenig war er seiner Schwester Schande.
Er wusch sich selten und sein Bart war lang.
Sein Hemd entlauste er am Straßenrande,
wobei er laut und falsch vom Himmel sang.

Er war ein Vagabund, weil er es wollte.
Seit er aus Flandern, aus der Hölle, kam,
ist er nie wieder in ein Haus gegangen,
bis ihn der Tod von dieser Erde nahm.

In jedem Frühjahr, mit den warmen Winden,
kam er zu seiner Schwester, deren Haus
am Rand des Waldes stand. Aus dunklen Gründen
zog er dort jedesmal die Schuhe aus.

Er stellte seinen Schleifstein hin und sagte:
„Der Scheerenschleifer Augustin ist hier!
Wer Messer hat und Scheren, die nicht schneiden,
der nehme sie und bringe sie zu mir!“

Dann schliff er den Verwandten alle Messer,
sah seine Schwester an, die vor ihm stand,
und sagte jedes Jahr: „Es geht mir besser“,
wenn sie ihn fragte, wie es mit ihm stand.

Erst nach der Arbeit nahm er von ihr Essen,
und alle Jahre bat sie ihn: „Bleib hier,
wir haben Platz für dich. Du mußt vergessen,
du kannst doch arbeiten. Sei doch wie wir!“

Er sah die Kinder, sah auf ihre Enkel,
er schüttelte den Kopf, sah weg und sprach:
„Ich muß auf meine eigne Weise bleiben,
ich kann nicht atmen unter einem Dach.“

Er hörte alles, was man ihm noch sagte,
mit einem freundlich stillen Lächeln an.
Gab keine Antwort, und nach einer Stunde
zog er sich seine Schuhe wieder an.

Dann schnallte er den Schleifstein auf den Karren,
nahm seinen Hut und wünschte ihnen Glück,
sah alle an und machte sich von dannen
und blickte nicht mehr, wenn man rief, zurück.

So kam er jedes Frühjahr. Viele Jahre,
bis er dann eines Jahres nicht mehr kam.
Da weinte seine Schwester, sprach mit keinem,
als sie die Scheren in die Stadt mitnahm.

Gedichte für Anja

I

Als deine Mutter
in den Kreißsaal ging,
versicherte ich ihr,
daß Geschlecht und Hautfarbe
egal wären,
wenn ihr nur beide
gesund wiederkommt.
Sie lächelte nur.
Später allerdings,
wenn ich davon erzählte,
fiel mir erst auf,
wie vielfach
meine Trostworte auszulegen waren
in dieser aufgeklärten Welt.

II

Ich habe dich nicht ersehnt
und war auch nicht dagegen.
Jetzt aber, seit du gekommen bist,
geht mein Blick
sorgenvoller zum Himmel,
lese ich die Zeitung
nachdenklicher
und höre ich aufmerksamer
auf jede Nachricht.

Du hast mich wieder an allem
beteiligt,
was zu erwarten wäre.

III

Dieses anstrengende Kind, offensichtlich
nicht anstrengender als alle Kinder,
hat einen besonderen Vorzug für mich:
meinen Blick von der Tür,
die ich immer häufiger wahrnehme
und durch die ich abtreten werde,
abzulenken.
Freilich werde ich närrischer
von Tag zu Tag –
aber sollte man diesen Preis
nicht leichtfertig zahlen –
dafür?

Der ungebetene Gast

Mein Abschnittsbevollmächtigter ist gekommen.
Er fragt nach dem Schutthaufen
vor meiner Tür.
Streng wird er den Schuldigen ermahnen.

Dann inspiziert er
meinen Bücherschrank.

Als er,
nach einer Stunde,
noch immer
über Literatur redet,
muß ich ihn mühsam
an unsere Arbeit erinnern.

Der Held

Er macht die Arbeit, die man für ihn hat.
Er schläft, wo Platz ist, und er ißt, was kommt.
Er baut uns jährlich eine neue Stadt.
Nur Unrecht mag er nicht, es stört ihn prompt.

Er legt sich sehr ins Zeug. Wenn ihm so ist,
dann fängt er Stiere mit der flachen Hand.
Er reißt auch Berge ein. Vor kurzer Frist
hat sich ein Wald an seinem Blick verbrannt.

Er macht den Rohbau und ist ziemlich roh.
Wo seine Türme stehn, war vorher Dreck.
Der Traum von Freundlichkeit macht ihn nicht froh,
er wischt den Staub von seinem Mund nicht weg.

In harten Zeiten spricht er tagelang
mit keinem Menschen. Angespannt und stur
steht er und schuftet. Kummer macht ihn krank,
Zorn macht ihn unberechenbar wie die Natur.

Dann geht er nachts in einen Wald und singt.
Er ruft sein Echo, wiegt den müden Leib
nach seinen Liedern, geht ins Dorf und trinkt
und schlägt sich mit fünf Männern um ein Weib.

Die Frauen sagen, er ist keusch und groß.
Er kann auch streicheln, sinnlos zärtlich sein.
Oft legt er seinen Kopf in ihren Schoß,
wird klein und still und schläft sehr leise ein.

Mitunter sieht man ihn bei Kindern stehn.
Mit ihnen spricht er viel, denn ihm gefällt
es, ihren ernsten Spielen zuzusehn.
Bei ihnen sucht er nach dem Sinn der Welt.

Doch wenn er weint, dann hat er nachgedacht,
dann wischt kein Fahnenwald die Tränen ab.
Dann hilft kein Orden, dann habt auf euch acht,
dann bringt er alles um sich her in Trab.

Dann setzt er sich an jeden Tisch und schaut
in alle Augen, sieht die Hände an:
Was bauen sie, wenn er die Städte baut,
was träumen sie, wenn er nicht schlafen kann.

Dann spricht er mit den Händen, groß und schwer –
dann will er wissen, wer die Stadt bewohnt,
die er gebaut hat. Laut geht er umher –
dann bleibt von seinen Fragen nichts verschont.

Der alte Arbeiter

Dreiundzwanzig gottverdammte,
dreiundzwanzig Arbeitsjahre!
Früh um fünfe rausgekrochen
aus der Falle,
jeden Morgen in die Klitsche,
die verdammte Knochenmühle!
Immer für das bißchen Fressen,
immer wieder: Schuften, schuften!
Alle Tage wie besessen.
Mensch, ich haßte dieses Leben!

Fünfundvierzig noch kein Ende,
sechsundvierzig nichts zu beißen.
Früh um fünfe rausgekrochen
aus der Falle.
Volkseigen ist die Klitsche,
die verdammte Knochenmühle?
Die Gewerkschaft quatscht von Wohlstand!
Aber immer: Schuften, schuften!
Endlich Schluß mit diesem Handstand!
Mensch, ich will jetzt auch mal leben!

Achtundvierzig der Zweijahrplan,
neunundvierzig – Leistungskurve?
Soll das denn noch schlimmer kommen,
das Gewühle?
Aktivisten in der Klitsche?
Das ist keine Knochenmühle?
Das mit Wohlstand wird bald stimmen?

Junge, Junge, immer sachte,
macht mit mir nicht solche Witze!
Hier in dieser alten Bude?

Fünfzig erste Planerfüllung,
plötzlich eine dicke Prämie.
Mancher kann sich schon was leisten
bei der Tüte!

Wird schon anders in der Klitsche,
aber zu viel haut daneben!
Immer heißt es: Weiterschuften!
Schufte schon mein ganzes Leben!
Mensch, das muß doch anders werden!

Einundfünfzig kam der Ulbricht,
stellt sich hin und sagt uns: Leute,
der Fünfjahrplan wird uns helfen,
das ist wichtig!
Jeder soll vernünftig leben!
Achtundzwanzig Arbeitsjahre –
endlich eine richt'ge Wohnung,
Mutter soll auf Urlaub fahren,
sie braucht wirklich auch mal Schonung.
Mensch, das scheint ja doch zu stimmen!

Meine Drehbank läuft jetzt schneller.
Pawel Bykow drehte probe.
Früh um sechse rausgesprungen

aus der Falle
und hinein in unsre Klitsche!

Gar nicht übel die Methode!
Nicht von Pappe, der Fünfjahrplan.
Aber klarer
muß man sehen,
werde schon mein Normchen drehen,
Mensch, der Meister soll sich wundern!

Nicht zu glauben, das macht Laune,
ich bin noch mal jung geworden,
Tempo, Tempo, geht's den Normen
an die Felle.
Spiele neuerdings Posaune
in der neuen Werkkapelle.
Immer besser muß das klappen!
Dreißig lange Arbeitsjahre!
Die verflixten grauen Haare!
Mensch, bin doch kein altes Eisen!

Der alte Maurer

Johannes, der alte Maurer, ist tot.
Wie der Mörtel,
mit dem er Stein zu Steinen fügte,
ist sein Gesicht.
Seine Hände auch.

Der Junge,
den er gestern noch schelten mußte,
wegen Achtlosigkeit,
bekam seine Kelle.

Vom Schornstein,
der sein letzter wurde,
stieg heute morgen
der erste Rauch.

Begrabt ihn ohne Lügen.

Der Fährmann

Seit sechsundfünfzig Jahren
brachte er über den Fluß:
Die Milchwagen für die Stadt,
die Bauersfrauen für den Markt,
die Kinder für die Schule,
die Arbeiter für die Fabrik.
Und die Autos der Villenbesitzer.
Von fünf Uhr in der Früh bis elf Uhr in der Nacht.
Manchmal einen Kranken.
Polizisten und ungeduldige Herren
außer der Zeit,
sie weckten ihn durch eine Glocke
oder durch Klopfen an seine Tür.

Seine Fähre war alt, seine Hütte dunkel,
und dunkel war sein Gesicht.

Immer mochten ihn die Kinder,
weil er Muscheln und Wasserrosen verschenkte,
und die Arbeiter,
weil er ihnen oftmals
das Fährgeld erließ.
Weil er viele Gesichter gesehen hatte,
sah er an ihren Gesichtern,
daß sie es nötiger hatten
als sein Herr.

Ohne Fährgeld setzte er außerdem über:
Die Freunde des Besitzers und den Sturm der SA.

Adolf Hitler und späterhin dessen Soldaten.
Einen Zug gefesselter Juden und die Zwangsarbeiter
aus Frankreich und Polen
für die Fabrik.
Ungern zwar, aber
auf höheres Geheiß.

Als dann die Gräben gebaut wurden
am anderen Ufer, Granaten
in der Stadt explodierten und ein SS-Mann
den Befehl überbrachte, die Fähre
an die Schleuse zu bringen,
versenkte er sie in der Nacht.

Die nächsten,
die ohne Fährgeld hinüber wollten,
waren die Russen.
Sie holten ihn,
als sie die Fähre mit Panzern gehoben hatten,
mit der Pistole aus seinem Versteck.
Sie gaben ihm Öl für den Motor,
halfen ihm eilig und ließen
einen Teil ihrer Suppe zurück.

Seitdem hatte sein Alltag das alte Gesicht.
Nur an den Gästen sah er die andere Zeit.
Die Arbeiter, die Kinder kamen wieder
und waren freundlich wie einst.

Nicht mehr kamen die Milchwagen, die Bauernwagen
und die Spaziergänger.
Jedenfalls lange Zeit nicht
und dann erst allmählich.

Niemals mehr sah er:
Die Autos der Villenbesitzer,
die SA, ihren Führer und
den Fährenbesitzer selbst.
Er vermißte sie nicht.
Das Fährgeld war das gleiche,
Besitzer war der Staat.
Neu waren die Arbeiter mit den roten Fahnen
und diese fremden Soldaten.

Bis eines Tages, am frühen Vormittag,
viele Leute die Fähre schmückten
mit Birkengrün.
Anfangs dachte der Fährmann,
es kämen die neuen Villenbesitzer,
wegen der prächtigen Autos.
Dann aber stieg aus einem der Autos
ein Mann seines Alters,
den man den Präsidenten nannte,
der unterhielt sich mit ihm.
Wie es ihm gehe, gesundheitlich,
ob er zufrieden wäre und was er nötig hätte.
Auch sagte der Präsident, sein Posten sei wichtig
und seine Fähre gehöre dem Volk.

Er wünschte ihm gutes Leben
und fuhr in die Stadt.

Seit diesem Tage
nannten die Arbeiter ihn geizig.
Weil er sich überlegt hatte,
sie müßten jetzt Fährgeld bezahlen,
wenn ihnen die Fähre gehörte,
verlangte er Fährgeld von ihnen
und tadelte jeden, der säumig war.

Das wollte kaum einer begreifen,
so kam es,
daß er sich mit alten Bekannten
überwarf.
Ihr Unverstand kränkte ihn ernstlich,
doch unerbittlich
verlangte er seitdem von jedem
den nötigen Preis.

Gedicht über M.

Für ihn galt nichts, was sich nicht geltend machte,
indem es seinen Sinnen spürbar war.
Er klopfte alles ab, sah hin und lachte,
und sah bei allem, was da hohl war, klar.

Er hat die Welt durch Tätigsein begriffen,
nur was ihn packte, hat er angepackt.
Sein Urteil hat er immer da geschliffen,
wo das Problem war, denn er sah es nackt.

So ging er sehr respektlos um im Leben.
Lebendig, unbefangen, jung und laut.
Und nur dem Schlaf, dem alle sich ergeben,
hat er sich völlig sorglos anvertraut.

An Hermann H.

Wenn es solche
wie dich
nicht mehr gibt,
können wir einpacken.
Deshalb hilf einem,
wenigstens einem
von deiner Sorte
auf die Beine,
bevor du gehst.
Zwar
wird er dich
pausenlos ärgern,
aber
wir brauchen ihn doch.

Bauarbeiter im Winter

An steifen Unterarmen
hält er klamme Hände
behutsam in den Glast
des Kohlebeckens.
Die Wärme macht die
starren Finger locker
und bringt bis ins Gesicht
Zufriedenheiten.

Doch seine Augen
suchen auf der Rüstung
den Abstand für die nächste
Trägerbohrung.
Sie fügen in Gedanken
schon zusammen,
was seine Finger
noch nicht halten können.
Im Kopfe übt er
seine nächsten Griffe.

Valentina

Als Topf und Bett und Tisch erfunden war
und als das Feuer unter Dächern rauchte,
als alles da war, was der Herdkreis brauchte,
da banden wir sie fest am eignen Haar
und haben sie ans Eigentum gebunden
und an den Herd, der ihre Schöpfung war.

Für uns die Welt vom Himmel bis zum Meer
und alles, was uns kühn und hungrig machte,
und alles, was da wuchs, erfand und dachte,
war unser Werk und kam vom Manne her.
Was wir dann noch in unsren Frauen fanden,
das waren wir. Für uns hieß Geist nur: Er.

In diesen Tagen brach der Herdkreis auf,
wie eine harte reife Distelblüte,
und eine arme, allzuoft bemühte
und dumme Lüge endete den Lauf.

Die ewige Hausfrau

Von ihr wird bleiben:
das gestopfte Loch
in längst vergeßner wollner Männersocke.
Der abgewaschne Teller,
der gefegte Flur,
das Oberhemd, gestärkt und weiß und trocken.

Unsterblich
wird die Nudelsuppe sein,
der blanke Tisch,
die nachts geputzten Kinderschuhe,
die Badewanne,
weißgescheuert, rein,
der staubgewischte Glanz
der Fernsehtruhe.

Niemals vergessen wird man:
den geschuppten Fisch,
den früh um fünf gebacknen Sonntagskuchen,
das Handtuch und das Bett,
stets weich und frisch.
Ihr müdes Lächeln
und ihr blindes Fluchen.

Die Unentbehrlichen

Wo sie sich tummeln, scheint die Macht zu Haus,
für sie ist wahr, was laut verkündet wird.
So stolz wie sie sieht kein Erfinder aus.
Kein Hammel rauft sich so um seinen Hirt.

Was immer kommt, von ihnen kommt es nicht,
nicht mal ein Irrtum stammt von ihnen ab.
Jetzt loben sie dich mitten ins Gesicht,
zwei Stunden später schaufeln sie dein Grab.

Und zweifle nur nicht an, was grade gilt –
du bist sofort ihr Feind, das sei dir klar.
Du denkst noch nach, sie haben schon ihr Bild,
denn sie sind schuldlos, wenn es Irrsinn war.

Stell solche Leute nie vor ein Gericht.
Du hoffst auf Schuldgefühl – sie sind immun.
Sie sind erstaunt – sie taten ihre Pflicht!
Es gab Befehle, was war da zu tun?

Narren und Seher

Immer wieder sichtbar schreiben sie
ihre Fragen in die Zeit.
Immer wieder aber treiben sie
ihre Träume viel zu weit.

Ihre Freundschaft ist nicht angenehm.
Ihre Zweifel bleiben lange frisch.
Immer wieder sind sie unbequem,
denn sie sehn im Fluß nicht nur den Fisch.

Porträt des B. B.

Kennt viel,
zweifelt oft,
genießt alles.

War kaum gut,
oft gerecht,
immer tätig.

Sein Trost
sind Naturgesetze.
Er ist belehrbar.

Am 17. 8. 56 Dorotheenfriedhof

Verzeihen Sie, Brecht,
diesen Nekrolog.
Er ist gegen das Übliche.

Gestern nachmittag,
zu der Zeit nach der Probenarbeit,
die gewöhnlich genutzt wurde von Ihnen,
um zu ruhn,
war da gegenüber dem Hegelschen Grabe,
auf dem Friedhof vor Ihrem Fenster,
anläßlich Ihres Begräbnisses
ein Trauerzug.

Kränze wurden niedergelegt,
prachtvolle und schleifengeschmückte,
mit ehrenden Inschriften.
Worte konnte man hören,
leise und kummervolle,
laute und achtungheischende.

Soldaten waren da,
statuenhafte,
eingeteilt zur Ehrenwache –
und eifrige,
lenkend die Züge der Traurigen.

Es kamen zu viele,
und Unruhe war in ihnen.

Sicher ist –
auch Sie wurden eingeladen.
Aber Sie sagten:
Ich bin gegen das Übliche –
und blieben fort.

So sah ich Sie,
sitzend im ledernen Lehnstuhl –
am Fenster der Wohnung
verwundert den Vorgang betrachtend,
lächelnd dem schwindenden Rauch
der Zigarre nachschauend,
sich vorbeugen,
um in die Zeitung zu sehn.

Betrachtend die Trauer,
schrieben Sie auf den Rand,
neben die zahlreichen Nachrufe,
ein spöttisches Wort.

Sie fanden bestätigt:
Die Kinder des wissenschaftlichen Zeitalters
haben die Sitten der Vorfahren
nicht aufgegeben.
Die Kinder des wissenschaftlichen Zeitalters
haben ihr Zeitalter noch nicht erkannt.

Trotzdem aber
sah ich Sie nachdenkend,
das Haar mit gespreizten Fingern glättend,
entwerfen zu ihrer Belehrung –
ein neues Gedicht.

Die Requisiten des Totengräbers

Der Spaten mit dem graden Blatt, die Schaufel,
die runden Stempel, die geschrägten Keile,
die Bretter, um den gelben Sand zu stützen,
damit der Sarg daneben nicht herabrutscht,
die Eisenkarre für noch ältere Gebeine.

An einem Tag, an dem der Flieder blühte,
sah ich den Totengräber bei der Arbeit.
Bis zu den Schultern stand er in der Grube
und warf den gelben Sand auf Strauch und Blume
und auf den grauen Stein dicht an der Mauer.
Hier wird sie Einlaß finden in die Erde,
die Mutter Pawels, die Helene Weigel.

Danach

Am Sarge Arnold Zweigs

Schön,
mit klarem Verstand
ein Alter zu erreichen,
in dem
Weisheit und Mut
gleichzeitig möglich sind.

Du bist schon zurückgetreten,
weißt aber die Regeln noch,
schaust in alle Karten
und sagst ihnen,
scheinbar zerstreut,
fast schon abwesend,
wie das Spiel gehen wird.

Sie
werden dir nicht danken,
aber
wozu brauchst du noch Dank?

Ady

Zum 100. Geburtstag

Hoch auf den Berg gefürchteter Gedanken
sah ich dich fluchend mit der Bürde schwanken,
die du dir ohne Rücksicht auf den Schaden
und voller Eifer auf dein Kreuz geladen,

vom Kopf aufs Kreuz. In deinen Vers gebunden,
schleppst du mit dir, was du am Weg gefunden,
der dich durch Ungarn führte, über Schilf und Steine.
Durch Stadt und Dorf trugst du, umkläfft, das Deine.

So trugst du, Kreuz und Berg auf schwachem Rücken,
Schmerz, Stolz und Jubel in den Seherblicken,
das Salz der Sprache deines Volkes weiter,
trugst seinen Geist hin durch die Todesreiter.

Selbst unter deiner Last nicht mehr zu sehen,
singst du sein Lied und hältst nicht ein im Gehen,
wankst weiter durch die Sümpfe, die Gefahren,
du Sisyphus der Hoffnung der Magyaren.

Die wir aus andren Völkern, andren Zeiten,
mit unsrer Bürde diesem Berg zuschreiten,
sehn dich den harten Dichterdienst erfüllen
und richten unsre Last vor deinem Willen.

Satchmo

Alter, singender Trompetenmann,
keiner weiß, wohin er einmal geht.
Wo er herkommt, weiß die ganze Welt.
Er steht da und macht sich ein paar Witze,
macht Musik mit seinen besten Freunden,
bis ihm die Trompete runterfällt.

Alter, singender Trompetenmann.
Spielt für jeden, der ihn hören kann.
Aber meistens spielt er doch für sich.
Bläst und singt sich seinen Spaß zusammen,
läßt uns glauben, daß er lustig ist.
Gestern glaubte ich, er spielt für mich.

Großer, singender Trompetenmann.
Dick und alt und etwas müde auch,
der aus Luft und Herzschlag Hoffnung macht.
Er macht soviel Leute froh und traurig,
wischt den Schweiß ab und singt noch ein Lied,
weiß nicht, wo er hingeht, spielt und lacht.

Louis Armstrong

Soll er doch eine Kanne aus Platin haben,
oder aus Gold, mein Gott!
Wenn sie nur gut ist, wenn es ihm Spaß macht,
wenn er nur bläst.
Soll er doch eine Stimme wie Rost haben,
oder wie Schlacke, mein Gott!
Wenn sie nur da ist, wenn sie nur mitmacht,
wenn sie nur singt.
Soll er doch in den Himmel kommen,
oder noch höher, mein Gott!
Wenn er nur reinkommt, weil er doch schwarz ist.
Hoffentlich klappt's!
Wenn es überhaupt einen Himmel gibt,
muß er doch durchrutschen –
Solche Trompeten schmeißt man nicht weg!
Denkt doch an Jericho!
Das wär ein Ding, wenn Louis am Jüngsten Tag
seine Kanne melkt,
da oben oder sonstwo –
da könnten wir sein, wo wir wollen, mein Gott,
den hörten wir schon!

Slawas Methode

Wenn mein Freund Slawa aus Nowosibirsk,
der Brückenbauer, Student und Dichter,
Entscheidungen treffen muß, beispielsweise –
ob er Brückenbauer bleiben oder
Konstrukteur werden soll
(Dichter bleibt er sowieso),
oder nachdenkt,
etwa über die Genossen in China,
also über wichtige Dinge, sein Leben betreffend,
dann legt er sich, wie er mir gezeigt hat,
mit dem Rücken auf die Erde. So,
daß er sie von den Händen
bis zu den Füßen berührt.

Manchmal braucht Slawa, der Dichter,
dort in Sibirien auf nackter Erde,
lange zu einem Entschluß. Mehrmals
fror dieser Dickschädel fest, aber,
mit der ganzen Erde im Rücken,
sagt Slawa, der Russe,
denkt es sich besser nach.

Slawas Methode gefällt mir.
Mitunter liegen wir deshalb,
Rücken an Rücken
und nichts zwischen uns, als die Erde
und haben die gleichen Probleme
zur gleichen Zeit.

Porträt des Dichters
Szász János

Klein, freundlich und nervös.
Geplagt von Ängsten,
die selten Ängste
um sich selber sind.

Für ihn hält Güte
in der Welt am längsten,
auch ohne Augen,
wäre er nicht blind.

János Hundert

János Hundert sah besonders gut.
Er sah allen Leuten durch den Hut.

János Hundert hörte wunderbar,
einmal rief er: Still – da wächst ein Haar!

János Hundert kaufte sich ein Pferd,
ließ es frei – soviel war es ihm wert.

János Hundert lud sich Lügner ein.
Wenn sie kamen, ließ er sie allein.

János Hundert lobte einen Mann:
Ihre Meinung sieht man Ihnen an.

János Hundert schrieb in einem Brief:
Wer nicht liegenbleibt, liegt auch nicht schief.

János Hundert sagte einer Frau:
Vor der Leere schützt kein Körperbau.

János Hundert trat den Spatzen bei.
Er verstand sie – bis auf ihr Geschrei.

János Hundert meinte: lang und hart
dünkt uns immer nur die Gegenwart.

János Hundert faltet Schiffchen nur
aus Geheimarchiv-Makulatur.

János Hundert sitzt und raucht und sinnt,
ob man dabei mehr als Rauch gewinnt.

János Hundert hat von uns verlangt,
daß man ihm nur noch für Schwächen dankt.

János Hundert, wissend, widerspricht
Leuten, die im Recht sein wollen, nicht.

János Hundert deutet darauf hin:
Auch Verlust sei manchmal ein Gewinn.

János Hundert läßt den Platz bestehn
für die Freunde, die von dannen gehn.

János Hundert meidet jeden Bart,
weil er sich sein Mienenspiel bewahrt.

János Hundert, der die Dummheit haßt,
hat am liebsten Säuglinge zu Gast.

János Hundert, wenn man ihn betrügt,
bleibt, obwohl er's merkt, in sich vergnügt.

János Hundert meint, Gewinner sind
gegenüber dem, was sie verlieren, blind.

János Hundert, der die Menschen liebt,
ist sehr froh, daß es so viele gibt.

János Hundert malt an einem Bild,
das Betrachtern jeden Wunsch erfüllt.

János Hundert schätzt es leider nicht,
wenn man allzulange von ihm spricht.

Parteiveteran

Er war schon Kommunist,
als man dafür nicht mehr bekam
als eine Kugel in den Kopf.
Seitdem
leistet er sich den Luxus
einer einzigen Meinung.

Das Symbol Thälmann

Als er,
im elften Jahr seiner Gefangenschaft,
von sich
als von einer Sache sprach –
von seinen Feinden mehr gefürchtet,
als eine Armee –,
sprach er auch davon,
daß der Feind ihn
die eigene Niederlage
nicht überleben läßt.
Thälmann, krank und gefangen,
jederzeit auszublasen wie ein Streichholz,
sah sich,
im Angesicht seines Todes,
mit klarem Verstand.
Er, der schon aufgehört hatte,
der Mann, der Vater, der Geliebte zu sein,
war, noch atmend und denkend,
zum Symbol seiner Klasse geworden.
All das aber,
so wußte er,
war nicht sein persönliches Werk,
sondern
das Werk seiner Partei.
So sah er sich
mit den Augen seiner Genossen
als eine Sache.
Das nenne ich
revolutionäre Bescheidenheit.

Die Revolution

Da hast du gesagt und gemeint, was du sagtest:
Mein Leben für die Revolution!
Denn du hast gewußt, es war kein zu hoher Preis.
Du hattest dein Leben grade erst angebissen,
es war noch fast neuwertig, der Topf war noch voll,
es waren noch alle Gewinne zu ziehn.
Du hattest schon schmerzlich geliebt, aber ohne Erfüllung.
In dir war noch alles drin.
Und auch auf den Zehenspitzen, auch mit dem Zeißglas
war dein Ende nicht auszumachen.
Da wolltest du geben dein einziges Leben
für die Revolution.
Aber du wurdest nicht in Zahlung genommen.
Du durftest nicht sterben im Namen der Menschheit.
Im Arme des größten Traumes schliefst du nicht ein.
Die Revolution war auch so zu haben.

Du lebst, und die Revolution war da.
Du lebst noch immer, und die Revolution ist vorbei.
Du hast die Revolution überlebt,
und du mußt jetzt ihre Träume erfüllen,
du mußt ihr Versprechen erfüllen,
dein Leben lang.

Ein großer Arbeiter

Auf Lenins Arbeitstisch
der Bronzeaffe,
der grübelnd auf den Büchern Darwins hockt.
In seiner Hand
den Schädel eines Menschen,
dem er verwundert
auf die Glatze starrt.
Es heißt,
daß Lenin diese Plastik
täglich ansah –
daß er den Umfang
seiner Arbeit
nie vergesse.

Dieser Mann Lenin

Dieser Mann
hatte nie etwas über sich
außer seiner Schirmmütze,
manchmal ein Dach
und immer den Himmel.
Dieser Mann
hatte nie etwas anderes
unter sich
als die Schuh
und den Weg.
Dennoch
dachte dieser Mann
in Kategorien und in Konsequenzen,
die fast immer
die ganze Natur
und die ganze Menschheit
berücksichtigten.
Dieser Mann
wollte für sich selbst
nichts anderes erreichen als
seine fehlerfreie Nützlichkeit.
Sonst
wollte er nur,
daß die Arbeiterklasse
die Besitzverhältnisse
der ganzen Menschheit
vom Kopf auf die Füße stellt.

Der Revolutionär

Der hält nur still, um zu denken.
Der ist für gar nichts zu schwach.
Der, wenn er merkt, es bringt weiter,
macht noch den Vogelflug nach.

Der ist mit zehn schon gefährlich,
der ist mit achtzig noch fit.
Der ist wie Wasser geduldig,
der reißt noch Eisberge mit.

Dem ist kein Mittel zu listig,
setzt er damit etwas durch.
Dem wachsen Flossen im Wasser,
der wird in Sümpfen zum Lurch.

Der denkt nicht nach, sondern weiter.
Der macht nicht mit – sondern vor.
Der ist nie Pferd, immer Reiter,
der zählt nicht, was er verlor.

Den kann kein Rothschild sich kaufen,
den kann kein Pius verdrehn,
den kann kein Doktor kurieren,
der fragt sich höchstens: Wer – wen?

Dem ist sein Name nicht wichtig,
der bleibt sehr gern unerkannt –
aber den Namen des Feindes
schreibt er uns nachts an die Wand.

Der, wenn er stolpert, fällt vorwärts,
fällt aber nie aufs Gesicht.
Der, wenn er Fehler macht, straft sich
mehr als das strengste Gericht.

Der hört nicht auf, wenn er tot ist,
streut man ihn auch in den Wind,
der setzt sich fest in den Köpfen,
bis sie von seiner Art sind.

Der war – ist – wird überdauern
alles, was gegen ihn spricht.
Der ist durch nichts zu ersetzen.
Ohne ihn lohnt es sich nicht.

III

Optimistische Enttäuschung

Sucht nach dem Sinn des Lebens nicht in Wäldern.
Sucht in den Wolken nicht und nicht im See.
Natur hat keinen Sinn. Auch Tod und Leben
sind sinnlos wie die Sonne und der Schnee.

Sucht nach dem Sinn des Lebens nicht bei Göttern.
Da ist kein Geist der Schöpfer dieser Welt.
Sucht das Gesetz, das Sterne und Atome
so widersprüchlich in Bewegung hält.

Den Sinn des Menschen hat der Mensch geschaffen.
Mit seinen Händen fand er seinen Geist.
Und unauslöschlich sei auf diesem Sterne
die Spur, die seine Schöpferkraft beweist.

Der Baum der Erkenntnis

Wir erkannten die Frucht, die uns nährte,
wir erkannten das Laub, das uns deckte,
wir erkannten sein Dach, das uns schützte,
wir erkannten den Baum.

Wir entfachten sein Holz, das uns wärmte,
und wir höhlten den Stamm, der uns Boot war,
wir zerschnitten sein Holz, das wir fügten,
wir entdeckten den Baum.

Wir erforschten den Grund, da er aufwuchs,
wir erforschten den Stoff, der ihn nährte,
wir erforschten den Wind, der ihn umschlug,
wir erkannten die Welt.

Wir fanden die Zelle,
wir fanden Moleküle,
wir fanden am Baum der Erkenntnis
auch das Atom.
Wir können den Baum,
das Atom,
die Erkenntnis zerschlagen.

Falsch adressiert

Längst kommen
Blitzschlag und Hagel,
Schneesturm und Wolkenbruch,
Sandsturm und Sonnenglut
nicht nur von oben.
Sie sind schon nicht mehr
ein reines Naturwerk.
Und was uns sonst noch
hinwirft und umbringt,
rädert und vierteilt,
kommt ganz von Menschen.
Warum noch immer
höre ich Klagen
zum Himmel hinauf?

Oh, Moses

I

Da lag dein Volk als Sklave fremder Fürsten
verarmt und rechtlos vor Ägyptertüren.
Krank und verstreut. Du hast es eingesammelt
und wolltest es in seine Freiheit führen.

Weit hinter Wüsten, Meeren und Gebirgen,
fern von Ägyptens ungeheuren Reichen,
sahst du dein Land, wo Milch und Honig fließen.
Ein Land, mit keinem andern zu vergleichen.

Dort sollte jedem Feld und Haus gehören.
Der Ärmste sollte satt und friedlich leben,
du wolltest aus den Knechten Herren machen,
es sollte Glück für alle Juden geben.

Doch was geschieht mit unsren größten Plänen,
die richtige und wahre Ziele haben,
doch lange nur nach Schweiß und Mühe riechen?
Im Sand der Tage werden sie begraben.

Wenn nicht die Furcht die Menschen daran hindert,
das Ziel mit ihrer Hoffnung aufzugeben.
Weil eine Macht sie dafür strafen könnte,
die weiter reicht als ihr, zu kurzes, Leben.

Der Weg war hart und unbeschuht die Füße.
Des Volkes Herzen waren leere Hüllen.

Sie hatten nur die Not und ihre Ängste –
du mußtest sie mit Mut und Hoffnung füllen.

Ägyptens Götter drohten wie Gebirge.
Wie sollten die vor ihrer Strafe flüchten,
die schutzlos waren vor dem Stock der Büttel?
Ein Wink des Priesters konnte sie vernichten.

Da hast du deinem Volk den Gott erfunden,
der größer war als alle Steingestalten
der Pharaonen – er war ohne Vorbild
und brauchte ihrem Maß nicht standzuhalten.

Dein Gott war ohne Tempel – nicht zu schänden!
Er war zu schützen ohne alle Waffen.
Dein Gott war unsichtbar! Oh, großer Moses,
du hast den allergrößten Gott geschaffen!

Du schufst dir Plan und Gott und hast verstanden,
Furcht, Haß und Glauben fruchtbar zu vereinen.
Du zaubertest aus Wanderstäben – Schlangen
und schlugst in seinem Namen Blut aus Steinen.

Bis man dir glaubte, waren sieben Plagen
und kosmische Ereignisse vonnöten –
doch wirklich glaubhaft ist dein Gott geworden,
als er begann die Erstgeburt zu töten.

Da glaubten dir die Juden und Ägypter.
Der König war bereit, euch ziehn zu lassen,
denn mit euch zog der Schlimmste aller Götter,
durch nichts zu kaufen und mit nichts zu fassen.

2

Doch leider war, wie die Geschichte meldet
und wie die Wirklichkeit bis heute lehrte,
abstrakte Macht vom Volk nicht zu begreifen –
weil niemals sichtbar war, was man verehrte.

Dein Gott war neu und deshalb nicht historisch,
du konntest noch nicht auf Legenden bauen –
du mußtest täglich neue Wunder machen –
man wollte etwas Sichtbarem vertrauen.

Man glaubte dir, solange alles klappte.
Doch kaum begann es mit den Schwierigkeiten,
zog man auch deine Ehrlichkeit in Zweifel –
und jeder Lümmel wollte mit dir streiten.

Dein Gott war gut, doch viel zu früh erfunden,
drum mußtest du ihn leider leicht verbessern.
Erst die paar Tafeln, dann die Bundeslade.
Kurzum – du mußtest die Idee verwässern.

So hat dein Gott sich mit der Zeit gemausert.
Er war sehr bald mit all dem Kram versehen,
der ihn den andern Göttern ähnlich machte.
Jetzt konnte ihn das Volk sofort verstehen.

Da war ein Tempel, leicht und transportabel,
denn man befand sich auf der großen Reise.
Da waren Priester, Opfer und Gesetze,
furchtbare Strafen, gute, feste Preise.

Ein Götzenpriester, dein Herr Schwiegervater,
kam zu Besuch und hat dich gern beraten.
Dein Bruder wurde erster Oberpriester
und seine Söhne dessen Potentaten.

Als dann dein Bruder Aaron es wagte,
als Gottesbild ein Goldnes Kalb zu machen –
Gold war das Maß für alle Erdendinge –,
hast du gewütet, statt dich totzulachen.

Hier arm, da reich, hier unten und da oben.
Du hast den neuen Herrn ihr Amt gegeben.
Sie machten nur, was alle Priester machten. –
Du unterschätztest das reale Leben!

Du hast dir Gott als Instrument erfunden,
um Israel vor seinen Herrn zu retten.
Dein Plan mißlang. Die Wirklichkeit war stärker.
Dein Volk trägt immer noch die gleichen Ketten.

Denn nicht Ägypten war der Feind der Juden.
Dein armes Volk war in der Hand der Reichen.
Das war der Widerspruch! Um ihn zu lösen,
genügt es nicht, ins Schilfmeer auszuweichen!

Der Rückzug Gottes

Wo Unwissenheit ist in der Welt
und keine Erkenntnis,
herrscht Gott.

In dieser Gegend
macht Gott keine Blitze mehr.
Blitze sind
elektrische Entladungen.

In diesen Breiten
kommt Unrecht von Menschen,
Gott hält sich raus.

Gott
ist hierzulande
auf dem Rückzug.
Seine Gesandten,
der Tod und die Dummheit,
werden von Ärzten
und Lehrern bekämpft, aber
Gott wehrt sich
mit allen Mitteln.
In den Gräbern hockt er
und in den
Spekulationen.

Gott ist im Menschen
daheim,
sagen die Prediger,

seit der Himmel durchforscht wird.
Jeden Tag
liest Gott die Zeitung
und sieht –
schon wieder eine Niederlage.
Doch jede Dummheit
kommt Gott zu Gute.

Einer wollte den Zweifel verbieten:
Gott hat gefeixt.
Wo etwas stillsteht,
wo nicht geforscht wird,
wo noch geglaubt wird –
da lächelt Gott.

Josephs Sohn

I

Als Josephs Sohn das Lämmchen stahl,
in dunkler Nacht aus fremder Herde,
sah ihn ein Hirte hinterm Kral
und folgte ihm auf schnellem Pferde.

Er fing ihn ein und brachte ihn
zum Stammesvater. Wutgeladen
stieß er ihn vor den Weisen hin,
daß der ihn strafe für den Schaden.

Die Hirten kamen rasch herbei,
um diesen Bösewicht zu schaun.
Sie forderten mit viel Geschrei,
man solle ihm das Fell verhaun.

„Laßt ab von ihm, er hatte keinen Vater,
der ihn erziehen konnte, seht ihn an!"
So sprach der Weise. Damit bat er
wie um den eignen Sohn, der kluge Mann.

Dann stand er auf, nahm Jesus bei den Ohren
und sagte nur: „Er bleibt in meinem Haus.
Ihr wißt, ich habe meinen Sohn verloren,
ich bilde ihn als meinen eignen aus."

Der kleine Jesus mußte nun,
das kranke Lämmchen heil zu pflegen,

mit großem Eifer Buße tun
und sich auf Medizin verlegen.

Das allerdings gefiel ihm sehr. –
Er hatte Spaß an solchen Dingen.
Das Lämmchen sprang bald heil umher
und folgte ihm, wohin sie gingen.

Der kleine Jesus war gescheit
und übte sein Talent sehr rege,
so lernte er in kurzer Zeit
die hohe Kunst der Krankenpflege.

Auch war der Knabe sehr begabt,
die Gaukler alle nachzumachen,
die man zum Zeitvertreib gehabt.
Er zauberte die tollsten Sachen.

Selbst schreiben konnte er im Nu,
worauf sich keiner dort verstand.
Er sah den Priestern heimlich zu,
durch Löcher in der Tempelwand.

Begriff dabei so mancherlei
und wie sie ihre Wunder machten.
Sie hatten ihren Spaß dabei,
wenn sie das Volk zum Staunen brachten.

2

In kühlen Nächten, wenn die Feuer brannten,
da hörte er von Hirten die Geschicht
von einem Mann, den sie Messias nannten.
Wenn der kommt, rennt das römische Gelicht.

Das stieß ihm auf, da spitzte er die Ohren –
so ein Messias, der gefiel ihm gut.
Der Mensch war überhaupt noch nicht geboren,
und alle sagten schon, der hätte Mut.

Oft kamen Händler, Felle einzukaufen.
Sie hauten auch den Weisen übers Ohr.
Der hatte keine Ahnung, ließ sie laufen,
doch Jesus sah's – ihm kam das lustig vor.

Er konnte sehn, wie leicht es war zu leben,
wenn man sich nicht ernährt vom eignen Schweiß.
Jesus begann, auch darauf achtzugeben,
und wußte bald von jedem Ding den Preis.

Doch seine Pflichten kannte er indessen,
für seine Mühen fand er seinen Lohn.
Maria, seine Mutter, schien vergessen,
der Weise war zufrieden mit dem Sohn.

3

Dann – eines Tages, er war zwölf geworden,
nahm er sich einen Käse, lief nach Norden
und hatte dieses Schäferleben satt.
Er wollte schließlich etwas Größres werden
und nicht versauern bei den Hammelherden,
er lief den Fluß entlang zur nächsten Stadt.

Er ging zum Markt, den Käse anzubieten
und einen großen Strauß mit Zimmetblüten,
die er in einem fremden Garten fand.
Nach einer Stunde war die Ware flüssig.
Er hatte Geld und war sich nur nicht schlüssig,
worin für ihn der nächste Job bestand.

Er wurde müde in der Mittagsschwüle,
ging in den Tempel, suchte etwas Kühle
und fiel dem Priester, der da Dienst tat, auf.
Der leise Spott, mit dem er alles ansah,
war eine Augenweide für den Mann da,
der sprach ihn an und sagte: „Komm herauf!"

Er gab ihm Milch und Obst und stellte Fragen,
der Junge wußte ihm Bescheid zu sagen,
der Priester spürte, der hat viel durchschaut.
Er nahm den schlauen Knaben in die Lehre,
der machte seinem Meister sehr viel Ehre,
er konnte mehr, als man ihm zugetraut.

Was noch geschah mit diesem flinken Jungen,
ist wohl inzwischen in die Welt gedrungen,
ich höre, daß man heute noch darüber spricht.
Doch seine Kindheit wurde fast verschwiegen,
drum schrieb ich sie in ihren großen Zügen
in dies Gedicht.

Vaterunser Nummer II

Vater unser –
nimm uns nicht wieder
das Brot
und laß uns den Himmel.
Laß uns
den Holler am Haus
und das Haus
und die Stille am Abend.
Laß uns das Leben.

Vater unser –
Schick uns nicht wieder
den Krieg
und das Feuer vom Himmel.
Feuer dem Holler am Haus
und dem Haus
und die vielen der Tode.
Laß uns nicht sterben.

Vater unser –
nimm doch die Dummheit von uns
und schick uns die Feigheit.
Mach auch die Feinde gescheit
und mache sie feige.
Laß uns nicht alle in Trägheit
und Selbstsucht verderben.
Mache uns friedlich.
Vater unser –

Vater unser, verzeih uns.
Wir haben uns eben erinnert,
daß du schon immer
versagt hast.
Vater unser,
verzeih uns –
wir helfen uns selber.

Was wir wissen

Wir wissen längst, daß Weltall und Atom
und was da kleiner oder größer ist,
daß alles das nach Urgesetzen fließt,
daß alles das Bewegung in sich schließt,
die Anbeginn und Ende übersieht.

Wir wissen nicht, ob irgendwo im All,
auf einem unbekannten, fernen Stern,
das Leben Erdenmaße übertrifft.
Ob nicht ein Wesen ist in dieser Welt,
das hinter Meteoren, Sternenfall
ein Sehorgan auf uns gerichtet hält,
das mehr erschaut, als wir auf unsrer Drift.

Wir wissen nicht, ob wir mit unserm Stern
ein Molekül des Zellenkernes sind,
von dem unmeßbar viel den Muskel einer Hand
zu einem Wesen ohne Maß ergeben.
Und ob das Weltall rings, bis an den Rand,
ein Körnchen ist vom allerhöchsten Leben.

Wir wissen nicht, wo unsre Wiege stand.
Wir wissen nicht einmal, wann unsre Hand
uns aus dem Tierbereich herausgelöst.
Wir wissen nicht, was unsern Geist entband.

Doch wissen wir, daß auf dem kleinen Stern,
von dem der Mensch nach andren Sternen greift,
der Mensch das Höchste allen Lebens ist
und daß in ihm das Allerhöchste reift.

Sehen lernen

Der Blinde sagt: Ich will dich sehen lehren,
auch ich sah einst die Welt und sah sie kaum.
Erst seit ich blind bin, kann ich sie begreifen,
weil ich sie übersah, als wär sie Traum.

Ich will nicht, Kind, daß dich erst Blindheit schlagen
und stete Finsternis umgeben soll,
damit du sehen lernst. Für heile Augen
ist diese helle Welt von Wundern voll.

Ich will dich sehen lehren, was die Blinden
und was die Sehenden an Dingen schaun.
Ich will, daß deine Augen dich nicht täuschen,
du sollst den Sinnen, die du hast, vertraun.

Alles, was wahr ist

Alles, was wahr ist,
kann leise sein.

Leise reifen die Früchte.
Blätter fallen still.
Stumm deckt der Schnee sie,
sacht friert der See ein –
Tod kommt wie Schlaf.

Zeugung ist schweigend.
Sonnenlicht schreit nicht.
Niemand hört es, wenn der Schnee vergeht.
Alle Gräser kommen aus der Erde –
stumm.
Wenn sich Blüten öffnen,
dröhnt es nicht.

Alles, was wahr ist,
kann leise sein.
Für unser Ohr.
Kein Mensch kann hören,
was die Eule hört.

Große Gedanken

Etliche Mühe
machen den Großen
die großen Gedanken.
Das liegt an der Größe.

Aber einmal gesagt,
sind sie mit Eile
in aller Munde.
Werden an Schulen gelehrt
und in Steine gehauen.

Mitunter jedoch
sinkt einem Steinmetz
der Schlägel mitten im Schwunge.
Er lächelt und denkt sich:
das weißt du schon lange.

Manche Gedanken
brauchen für ihre Größe –
die Großen.

Losung

Fürchtet den Holzweg, aber schlagt den Weg
der Künste für normale Leute ein.
Und schlendert nicht den Feld- und Wiesenweg –
es kann ein langer bittrer Umweg sein.

Über Unruhe

Wie immer der Weg sein mag,
wie immer der Ort,
der verlassen wird,
wie immer der Ort,
der erreicht werden soll:
Einer wird sein,
der mehr will
als alle die andern.
Einer wird sein,
der die Unruhe trägt,
die zum Aufbruch zwang.
Der sie mit sich nimmt,
wohin es auch geht.

Die Lehrer

Noch gibt es Kannibalen
und schon Kosmonauten.
Aber nicht Kosmonauten
schaffen die Kannibalen ab.

Diese Aufgabe wird auch nicht
von Erfindern gelöst –
sondern von Lehrern.

Der Tod des Dichters

Jetzt ist er tot.
Jetzt stellen wir die Fragen,
jetzt haben wir für seine Antwort Zeit.
Jetzt wissen wir, er wollte es uns sagen.
Jetzt, wenn er riefe, wären wir bereit.

Der Kopf

Nichts –
außer diesem Wesen Mensch –
hat noch zu gelten.

Alles,
was auf diesem Stern
anders wurde,
seit es den Stern betrat,
ist durch seinen Kopf
gekommen.

Mit seinem Kopf
muß es sich befassen.

Erbe

Wenn wir den Sozialismus
einmal gereinigt haben
von seinen Alleswissern,
werden von ihnen zeugen
noch eine lange Zeit:
Dummheiten, Narben
und schlechte Sitten.

An Kleinbürgergräbern

Als sie Kinder waren,
besaßen sie sich und sonst nichts.
Dann verkauften sie sich,
um zu besitzen:
Nahrung und Nachkommen,
ein angenehmes Leben und ein Vaterland.

Sie erstanden das Recht:
Ihre Kraft zu vergeuden für einen Broterwerb.
Ihre Zeit zu vergeuden für einen Schrebergarten.
Ihre Einfalt zu vergeuden für eine Meinung.
Ihr Leben zu vergeuden für ein Ansehn.

Ihr Broterwerb blieb ungenügend.
Ihr Schrebergarten verschandelte die Landschaft.
Ihre Meinung belästigte die Nachkommen.
Ein Ansehen erreichten sie nie.

Als sie starben, starben sie häßlich,
linkisch, unbedeutend und unbefriedigt.
Für ein fröhliches Aus-der-Welt-gehen
besaßen sie nichts.
Alles, was sie besessen hatten, als sie gekommen waren,
hatten sie aufgebraucht bei ihren Bemühungen
um den Besitz.

Der verlorene Sohn

Vom Fressen faul und ranzig vom Vergnügen,
fiel der verlorne Sohn aufs Kanapee,
fing gähnend dicke, träge Stubenfliegen.
Der gute Bruder schippte draußen Schnee.

Ihm juckten noch die Lieder in den Ohren,
die jener Faulpelz beim Gelage sang.
Ihm waren alle Finger dickgefroren,
er mußte schippen, während jener trank.

Er lief zum Vater, um sich zu beklagen,
er schrie, er schlage diesen Lumpen raus,
wenn nicht der Vater wagt, ihn fortzujagen,
er schinde sich nicht mehr für eine Laus.

Der Vater, sehr bejahrt und schlecht bei Leibe,
begab sich humpelnd zum verlornen Sohn
und sprach, wenn er das Spiel noch länger treibe,
käm er in Zorn – der Bruder schäume schon!

Der Lümmel, frech und dumm, stand auf vom Lager
und schrie, wenn ihnen seine Art nicht paßt,
dann ginge er zu seinem reichen Schwager,
er wär hier sowieso bei aller Welt verhaßt!

Der Vater riß sein Oberhemd in Stücke
und sagte ihm die Wahrheit, stark und nackt.
Der Bursche lächelte voll böser Tücke;
er hatte seinen Koffer längst gepackt.

Der Vater, den sein Zorn zuerst erfreute,
begab sich seufzend auf die Ofenbank,
wo er sehr bald die schnelle Tat bereute
und klagend seine Vaterhände rang.

Der Sohn indes war frei und frohen Mutes.
Er lenkte seine Schritte ins Bordell.
Dort freute er sich manchen jungen Blutes,
doch, ach, sein Geld verminderte sich schnell.

Zwar fand er bald ein anderes Vergnügen –
gewiefte Leute werden immer satt.
Doch merkte er, daß Feste nicht genügen
und feiler Wohlstand wenig Dauer hat.

Drum suchte er behende nach Geschäften,
die ohne Arbeit äußerst fruchtbar sind,
nach größren Geldern und nach neuen Kräften.
Doch die Behörden kriegten davon Wind.

Schon mußte er sich aus dem Staube machen,
es suchte ihn mit Fleiß die Polizei,
weil er sich mal vergriff an fremden Sachen,
war er den Leuten frank und vogelfrei.

Weil ihm durch solches Los die Nahrung fehlte,
verspürte er den Drang zum Heimathaus –
und weil er auf des Vaters Reue zählte,
hielt er es nicht mehr in der Fremde aus.

Die Eltern saßen kummervoll beim Schmause,
es leuchtete ihr gramgebleichtes Haar,
da brachten Leute aus dem Nachbarhause
den Flüchtling, der verlaust und räudig war.

Der Vater rief, ihm schwanden fast die Sinne:
„Mein Sohn – sei ohne Furcht und tritt nur ein!
Ich liebe dich! Laß ab von deinem Grimme,
es soll dir alle Schuld vergeben sein!"

Das Früchtchen sah die wohlgefüllten Teller,
verzieh dem Vater rasch und ging zu Tisch,
fiel auf den Stuhl und füllte sich in schneller
und wilder Weise mit Gebäck und Fisch.

Die Eltern schafften strahlend um die Wette
herbei, was Speiseraum und Keller barg.
Der Sohn verschlang es bis auf eine nette
und kleine Schüssel alten, sauren Quark.

Dann hüllte er sich satt in neue Kleider
und schleppte sich erschöpft zum Kanapee.
Dort schlief er ein, zur großen Freude beider.
Der gute Bruder schippte draußen Schnee.

Er lief zum Vater, um sich zu beklagen.
Er schrie und weinte: „Dieser faule Hund,
ich hab es satt, mich für ihn abzuplagen,
ich fülle immer nur des Bruders Schlund!"

Der Vater lächelte. „Du Narr, du blinder,
geh still in dich und sieh es endlich ein.
Im Himmel wird um den bekehrten Sünder
mehr Jubel als um zehn Gerechte sein!“

Paßformen

Es kann nicht schwierig sein,
sich anzupassen,
wenn man schon fertig ist,
bis an sein End,
bis auf die letzte Geste
fertig ausgestattet;
was sich an dem noch ändert,
ist das Hemd.

Wer sich von früh an
nie von selbst bewegte
und in den größten Stürmen
unbeweglich bleibt,
kann nicht gekränkt sein,
wenn man diese Haltung
den Qualitäten
des Betons zuschreibt.

Altes chinesisches Porzellan

Auf uns gekommen
aus dem östlichen Riesenland,
in Bastsandalen
und im Mantel des Bauern:
ein lächelnder Weiser.
Sein Alter ist schwer bestimmbar.

Doch immer noch trefflich erhalten
sein uralter Mechanismus,
der eifriges Nicken hervorruft,
sobald man das Wort an ihn richtet,
egal, welchen Inhalts.

Abschiede

An der Tür noch ein Blick
und die letzte Berührung.
Dann
schnappt sie ins Schloß.
Über die Treppe
entfernen sich Schritte.
Oder man folgt
mit den Augen
und winkt noch.

Am Fenster des Zuges –
ein kleines Gebet
der Vertrautheit.
Man hält sich die Hände.
Zurücktreten, Winken,
der Zug rollt,
dann bleibt auf dem Bahnsteig
inmitten der Fremden
der Abschied zurück.

Den Flugplatz
darf nur der Fluggast betreten.
Abschied wird schon
in der Halle genommen.

Dann sitzt man und wartet,
getrennt durch
Barrieren,
bis sich –
mitunter nach Stunden –
der Vogel erhebt.

Der Abschied
wird immer schwerer.

Die Verabschiedung der Dreieinigkeit

Endlich kommt Frieden ins Haus:
Vater und Sohn ziehen aus.
Sogar der Heilige Geist
weiß schon Bescheid, daß er reist.

Abschied zu nehmen von euch,
kommen sie schweigend und bleich,
stellen sich dicht an die Wand,
geben noch jedem die Hand.

Sagen: Lebt wohl nun, es sei.
Unsere Zeit ist vorbei.
Was auch geschehen – es war
oftmals bei euch wunderbar.

Doch euer Geist ist erwacht,
damit erlischt unsre Macht.
Euer ist nun euer Reich.
Alles, was wird, liegt an euch.

Nehmen ihr Pack auf und stehn,
sehn euer Lächeln und gehn.
Wenden sich ab, eilen fort
ohne ein weiteres Wort.

Richtet euch selber das Haus.
Vater und Sohn zogen aus.
Auch alle Keller sind leer.
Satan fuhr gleich hinterher.

Jonas in Ninive

Als Jonas von Gott den Auftrag bekam, nach Ninive zu
gehn,
um wahrzusagen gegen die Stadt, benahm er sich
nicht schön.
Er hatte Angst und drückte sich aufs nächste beste
Schiff.
Er dachte, im fernen Tharsis entgeht er seines Meisters
Griff.

Schon mancher war als Prophet angestellt und hat
sich doch geirrt.
Die Rechnung machte unser Freund ganz ohne
seinen Wirt.
Sein Chef war nämlich der höchste Chef, man nannte
ihn: lieber Gott –
und der verträgt, wie jedermann weiß, kaum
Ungehorsam und Spott.

Er griff auch dementsprechend ein und schaukelte
dieses Schiff
mit Sturm und Wellen, bis der Prophet sein falsches
Verhalten begriff.
Die Schiffer warfen ihn von Bord, und wie
inzwischen bekannt,
verschluckte ihn ein großer Fisch und spuckte ihn
heil an Land.

Doch nicht bevor, im Bauche des Wals, der Jonas
sein Tun bereut
und Besserung versprochen hat – das zog schon
zu jener Zeit.
An Land, getrocknet und gekämmt, zog Gottes
Instrukteur
still und bekümmert seines Wegs und mogelte
nicht mehr.

Ninive war eine herrliche Stadt, drei Tagereisen
groß,
die Gott, recht oft, gelästert hat – was ihn natürlich
verdroß.
Die Leute lebten dort sehr gut und waren
entsprechend dreist,
sie hielten nicht viel von Sittlichkeit, wie die
Geschichte beweist.

Sie hatten drei Mahlzeiten am Tag und immer ein
trocknes Haus,
sie feierten oft und taten nichts und hielten es
trotzdem aus.
Da wollte Gott zur Abschreckung die lose Bande
verderben.
Er schüchterte gern die Leute ein mit Leichen,
Rauch und Scherben.

Er wollte jedoch in Ninive nicht ohne Vorwarnung
schlagen,
drum schickte er den Propheten hin, um vorher Bescheid
zu sagen.
Der lief auch einen vollen Tag, bis in die Mitte
der Stadt,
dort blieb er stehn und richtete aus, was Gott zu
bestellen hat.

„In vierzig Tagen wird die Stadt bis auf den Grund
zerstört,
weil ihr soviel gesündigt habt – kommt, stellt euch her
und hört!
Ich bin der Jonas, sein Prophet, der nur die
Wahrheit spricht,
wer mir nicht glaubt, ist selber schuld – zweimal
sag ich es nicht!"

Die Leute glaubten ihm aufs Wort und eilten sofort
nach Haus,
sie streuten Asche auf ihr Haupt und riefen Fasten
aus.
Sie machten große Selbstkritik. Sie schrien und
klagten sehr –
sogar ihr König jammerte mit, was zu bemerken
wär.

Die ganze Stadt mit Mann und Maus ging nur
im Büßerkleid,
sie aßen und sie tranken nichts. Das tat dem
Herrgott leid.
Er sah sich um und sagte sich, wenn sie so sehr
bereun,
dann bessern sie sich sicherlich, dann will ich nicht
so sein!

Nur Jonas, dieser eitle Kopf, schrie auf und lief
umher
und rief: „Wenn nicht vernichtet wird, dann glaubt
mir keiner mehr!
Ich bin Prophet, mein guter Ruf ist nicht zu
reparieren,
wenn sich mein Spruch hier nicht erfüllt, kannst du
mich pensionieren!

Gesagt ist doch gesagt, mein Gott, das hat doch
seine Grenzen!
Du bist mir zu barmherzig, Herr, sind das die
Konsequenzen?
Du bist mir viel zu reich an Huld, zu langmütig, zu
gnädig!
Ich war gehorsam, und zum Lohn behandelst du
mich schäbig!"

Gott ließ des Nachts ein Rizinus aus trockner Wüste
sprießen,
als Schatten für den Jonas, um sein Warten zu
versüßen.
Am nächsten Abend fraß ein Wurm den Schattenbaum
zuschanden,
so kam dem Jonas über Nacht der Trost des Herrn
abhanden.

Dann schickte Gott den Wüstenwind, um Jonas
zu ermatten,
der wurde fast vor Hitze blind und winselte nach
Schatten.
Die Stadt war immer weiter da und wollte nicht
verderben,
da bat der Jonas, „Gnade, Herr, laß deinen Diener
sterben!"

„So schnell gibst du es auf, mein Sohn?
In vierundzwanzig Stunden
wuchs dir ein Baum und ist verdorrt – hast du das
nicht verwunden?
Er wuchs doch ohne jede Müh? Es war doch nur ein
Baum?
Doch was die Stadt für Mühe macht, bedenkst du
nicht im Traum!

Dir ist es gleich, was ihr passiert. Du willst nur recht
behalten,
nur deshalb soll die große Stadt verderben und
erkalten!
Weil du gesagt hast, sie verdirbt, meinst du, sie muß
verderben,
einhundertzwanzigtausend Leut solln deinetwegen
sterben?

Da soll die Welt in Trümmer gehn, weil ein Prophet
es möchte –
zieh ab, mein Lieber, dieser Stil erscheint mir nicht
der rechte."
Der Jonas schwieg und trollte sich – was sollte er
entgegnen –,
Gott war sein Chef, doch wehe uns, wenn wir dem
Mann begegnen.

Endlich

Jetzt endlich habt ihr euch
als Gott begriffen,
habt euch die Flucht verbaut,
den Trost verscheucht.
Jetzt seid ihr Gott
auf selbstgebauten Schiffen –
in eurem Sturm,
der bis zum Himmel reicht.

Mittelweg

Den Blick hinauf:
Wie schön der Gipfel oben.
Den Blick hinab:
Wie schön – so tief der Grund.
Der Fuß steht fest.
Nicht fallend, nicht erhoben,
führt sie der Weg
noch sicher manche Stund.

Wegweiser

Weh, wenn die Erfahrungen
über die Hoffnungen siegen.
Ohne Hoffnungen
keine Erfahrungen mehr.
Und,
wo die Erfahrungen enden,
beginnt der Glaube.
Aber genau das ist die Stelle,
an der auch die Zukunft beginnt.

Der alte Amboß

Der alte Amboß hat die vielen Schläge ertragen,
die vielen Schläge der vielen Hämmer ertragen.
Der alte Amboß – sollen wir ihn loben?

Die vielen Hämmer haben ihn glatt gemacht.
Die vielen Schläge haben ihn hart gemacht.
Der alte Amboß – sollen wir ihn loben?

Was zwischen ihn und all die Hämmer kam,
war nichts, ging hin.
Und all die Hämmer waren nichts und gingen hin.
Der alte Amboß blieb – ist er zu loben?

Der alte Amboß?
Schmelzt ihn um zu Hämmern!

Über den Dorfgeist

Daß wir die Städte
ländergroß machen
und Länder zu Städten,
heißt noch nicht:
wir schaffen das Dorf ab.

Die Dörfer sind
transportabel geworden.
In den Köpfen tragen wir sie:
jeder sein eignes Dorf.

Unter jeder

Unter jeder
hoffnungsvollen Idee
sammeln sich
Märtyrer und Heilige,
Alleswisser
und Pragmaten,
kleine Gauner und
große Schurken,
Pflichtbesessene und
Pflichtvergessene,
Wahrsager,
Rechthaber,
Vorschreiter,
Mitläufer und
sehr viele Leute –
die einfach da wohnen.

Zentrifuge

Es ist möglich,
sich an den Rand
treiben zu lassen,
dort sammelt sich vieles.
Aber auch dort
geht es rundum.
Und in einer Richtung.

Das hat eigene Gesetze
bei allen Richtungen,
bei allen Geschwindigkeiten.
Rundum.

Entwicklung

Vom Faustkeil bis zur Atombombe:
Wer? Weshalb? Gegen wen?

Vom Häuptling bis zum Vorsitzenden:
Wer hat die Macht? Wer bestimmt?

Vom Knochenschaber bis zum Computer:
Wer hat den Nutzen davon?

Vom Götzenkult bis zum Marxismus:
Wie lebt der einzelne Mensch?

Wieweit wir schon wirklich
vom Tierreich entfernt sind,
hängt von den Antworten ab.

Fortschreiten

Der Blick geht nach vorn,
wie leuchtet der Weg in der Sonne!
Dann liegst du am Boden:
gestolpert, genau auf die Nase.
Steh auf, das wird heilen,
schon bist du ein kleines Stück weiter.

Neid

Dich
werden sie nicht einladen
zum großen Festessen.
Dir
werden sie keinen Orden anheften
und keine Reden halten.
Dir
wird die Hand nicht geschüttelt,
die Schulter
nicht geklopft werden.
Du hast es,
so höre ich allenthalben
wahrscheinlich
besser gemacht.

Wunschtest

Ließe sich die Existenz
von C vierzehn
und sein Zerfall
in C zwölf
in Ideen nachweisen,
würden wir erschrecken
angesichts
des Alters
entscheidender
Irrtümer.

Analphabet

Ich habe Herrn Eduard Teller,
älter als mein Vater
und würdiger,
als dieser jemals werden konnte,
eine halbe Stunde lang
zugehört.
Teller hat die Überzeugung,
daß es nur ein einziges Mittel
zur Vermeidung des dritten Weltkrieges
geben würde, nämlich:
eine bessere Verteidigung der USA.

Dieser politische Analphabet
ist der unbestrittene Erfinder
der Wasserstoffbombe.
Was erfindet er noch?

Finder

Vertreib deine Zeit nicht
mit Lernen von Fakten,
wenn du nicht eines gelernt hast:
das Finden.
Wo vor dir alle
die Antwort nicht fanden,
muß sie noch da sein.
Finde Methoden,
zu denken –
die Fakten
weiß die Maschine.

Objektives

Wenn man Kalt mit Warm so schlau vermischt,
daß sie sich im Wert die Waage halten,
Kaltes an dem Warmen nicht verzischt,
Warmes nicht verlorengeht im Kalten,
sagen diese: es sei viel zu heiß,
jene sagen: was für eine Kälte!
Andre nennen ohne Zögern lau,
was dem vierten ausgewogen gelte.
Hat nun jeder von den vieren recht?
Jeder wohl für sich. Doch nur der eine,
der mit dem Gesetz in Einklang ist
und es noch beweist, erkennt das Allgemeine.

Drei Arten von Trost

Erstens:
Nicht nur du,
mein Freund,
nicht nur du.

Zweitens:
Komm,
ich zeig dir mal,
wie ich es
gemacht habe.

Drittens:
Probieren
wir es trotzdem,
aber diesmal
zusammen!

Gott ist nicht da

Es gibt kein Paradies
nach diesem Jammertal.
Kein Jüngstes Gericht
findet statt.
Gott ist nicht da.

Gott ist nicht da?
Kein Jüngstes Gericht
findet statt?
Es gibt kein Paradies
nach diesem Jammertal?

Ein Trost

Wenn einer stirbt, ist gut, sich vorzustellen,
daß er gereist sei in ein fremdes Land,
aus dem er nicht mehr vorhat heimzukommen.
Drum gab er euch beim Abschied nicht die Hand.

Er schreibt auch nicht und sendet keine Grüße.
Er brach mit allem, was mit euch war, ab.
Er machte sich ganz plötzlich auf die Reise
und hinterließ euch deshalb all sein Hab.

Dort, wo es gut ist, wieder fortzulaufen
ist ihm, bei allem Heimweh, doch zu blöd.
Euch ließ er da. Ihr könnt es ihm verübeln.
Es kommt der Tag, an dem ihr ihn versteht.

Unaufhaltsam

Der Kommunismus kommt.
Ist auch das Kapital
noch immer mächtig
wie Naturgewalten.

Der Kommunismus kommt.
Denn nur durch uns,
die Kommunisten,
ist er aufzuhalten.

Kampfprogramm

Nichts darf von nun an ungehindert fließen!
Sogar den Regen, der vom Himmel fällt,
den werden wir in ein System einschließen,
um ihn zu nutzen für die Menschenwelt.
Doch immer wieder sickern durch die Dämme
die Feuchtigkeiten tropfenweise, klamm,
still, unheimlich, bis sie Bäche werden,
und immer wieder bricht uns unser Damm.
Dann überfluten unsre schön geteilten Fluren,
und Wertvolles wird uns hinweggeschwemmt,
Schlamm legt sich fest auf unsere Kulturen,
doch jedesmal wird besser eingedämmt.
Wir müssen wilde Kraft in Betten bannen,
weil sie uns stets bedroht, anarchisch frei –
doch immer seltener passieren Pannen,
und schon gehorcht das Küken uns im Ei!

Bauherrenprobleme

Wir leben in einem Haus,
an dem immer gebaut werden muß,
damit es bewohnbar bleibt.
Unten ist es einfach –
da ist ringsum Erde.
Aber schwieriger wird es,
je weiter nach oben wir kommen.
Schon der Transport des Materials
und die Konstruktionen.
Nach oben zu
muß jede Berechnung stimmen.
Wir können nicht ausziehen,
weil da gebaut wird.
Also leben wir immer
mit Baulärm und Baustaub,
mit dem Schutt
und den Handwerkern.
Sind wir gewöhnt
an das Provisorium.
Wie schon gesagt,
weiter nach oben,
und wir bauen nach oben,
muß jeder Griff sitzen,
muß jedes Maß stimmen,
muß alles sicher sein.
Einen Einsturz
können wir uns nicht leisten,
wir haben nur dieses Haus.

Also bauen wir täglich,
sorgsam, manchmal überängstlich,
selten übermütig,
Steinchen für Steinchen –
immer aber nach oben.

Mangelerscheinung

Es gibt
einen Mangel
an Zeit,
der ist schon
ein Mangel
an Menschlichkeit.

Notwendig

Auch wir Kommunisten
sollten geduldiger werden.
Auch wir
können nicht alle
Probleme lösen.
Alle Probleme löst
nur der Tod,
und auch der nur
für den einzelnen.
Die einzige wirkliche Hoffnung
für alle
ist weiterhin:
Leben.

Sprachprobleme

Ich kriege, du kriegst, er kriegt, und
wir haben gekriegt.
So sagt man bei uns, um zu sagen:
Wir haben bekommen.

Der Krieg ist der Vater des Habens.
Gekriegt hat gesiegt.
Ich nehme, du nimmst, er nimmt, und
wir haben genommen.

Der Krieg in Vietnam

Mit diesem Krieg
endet die Geschichte
der gelungenen Raubkriege.
Der mächtigste Räuber
kann seinen Raub
nicht mehr heimtragen.
Mit angehaltenem Atem
beobachten ihn
alle Räuber der Welt.
Wenn ihm schon
der Raub nicht gelingt,
soll er doch wenigstens
alles zerstampfen!
Was soll sonst
werden aus uns?
So beten die Räuber.
Sie wissen:
Auch der Kannibalismus
war eines Tages
als allgemeine Erscheinung
überholt.
Die Menschheit
entwickelt sich.

Chilenische Lehre

Wieder muß ein Volk
seine Verfassung
mit Waffen verteidigen.

Die Hoffnung zu vieler,
es ginge von nun an
in den Kämpfen der Klassen
nach dem Willen des Volkes
und deshalb weniger blutig,
ist von den Klassenfeinden
blutig
widerlegt worden.

Erst dann
wird die Volksfront
ihren Willen allein
mit dem Stimmzettel
durchsetzen können,
wenn die Front der Völker
auf der ganzen Erde
die Macht hat.

Das lernen
in diesen Tagen
Millionen.

Altertümlicher Vierzeiler

Das Volk hat immer nur, was es sich nimmt.
Das, was ihm fehlt, hat es sich nicht genommen.
Wer immer kommt und sagt, daß dies nicht stimmt –
hat dafür mehr als je ein Volk bekommen.

Neues machen

Immer wieder mal
ein guter Gedanke
und zuviel Geschrei.

Die Natur
macht ihre Sachen
schön langsam.
Immer wieder mal
ein neues Blatt,
aber schon lange
keine neue Pflanze.
Seit einer Ewigkeit
kein neues Tier.
Ab und zu
eine veränderte Erscheinung,
aber kein neues Wesen
seit langer Zeit.

Da sind wir die einzigen –
die was Neues machen.
Aber immer mal wieder
ein neuer Gedanke
und sehr viel Geschrei.

Tiefer als Tod

Tiefer als Tod,
tiefer als Zorn,
ist Schwäche.

Nicht Widerstand sein
und nicht Ende.
Schwäche.

Dem Ertrinkenden zuschaun
und nicht fortlaufen
und nicht helfen.
Der Zerstörung nicht Einhalt gebieten
und nicht behilflich sein.
Keinen Fehler begehen wollen
und keinen verhindern.
Jede Ordnung benutzen wollen
und keine errichten.

Tiefer als Zorn,
nicht mehr erreichbar vom Zorn,
tiefer als Tod,
noch nicht erreichbar vom Tod,
ist Schwäche.

Lob des Sisyphus

Das Haar muß geschnitten werden.
Die Teller müssen gespült werden.
Die Straßen müssen gebaut werden.
Die Dummen müssen belehrt werden.
Die Erde muß bewahrt werden.

Was sonst?

Was sonst
hätte mit dieser Welt
denn geschehen sollen,
damit sie menschlicher wird?

Was sonst
war noch zu erwarten:
nach all dem Kyrie eleison,
dem Dreck und dem Unrecht, dem Elend –
von dem man kein Ende sah?

Wenn nicht dieses Jahr siebzehn,
dieser Oktober –
War etwas anderes da?

Wo ist denn bis heute
ein besserer Vorschlag,
gab es schon irgendwo
größere Hoffnung
seitdem?

IV

Eroberung einer Stadt

So treffen wir aufeinander:
Ich, friedlich meinem Wesen nach,
sie, ihrem Wesen nach:
unbesiegbar.

Ich bin schwach
und im Vorteil.
Sie,
die große Fressende,
die sich ausdehnt,
mehr als Ninive,
ohne Pause beschäftigt
mit sich,
immerfort lärmend und wachend,
gebärend und wachsend,
die meinen Blick nicht spürt
und meinen Griff
nicht wahrnimmt,
ist wehrlos.
In meinem Kopf
trag ich sie fort.

Rätsel

Am 16. 4. vormittags, Berlin, Bezirk Friedrichshain,
blühte auf einer Wiese, unentdeckt und allein,
zwischen den anderen Blumen – unvollkommen wie wir,
eine vollkommene Rose, gelb und aus Kreppapier.

Gelb und so vollkommen, wie sonst gar nichts war,
blühte die gelbe Rose seit dem 4. Januar.
Montag passierte das Wunder, das keiner verstanden hat:
Es welkte die gelbe Blüte, es wuchs ihr ein grünes Blatt.

Neue Architektur

Immer noch, scheint es mir,
ist der Ausdruck neuer Häuser und Städte
nicht der Ausdruck des Menschen
und seiner Bedürfnisse. Sondern lediglich
seiner Möglichkeiten.
Anpassungsfähiger immer noch
als seine Werke,
scheint sich der Mensch
seinen Werken anzupassen.
So gleicht er ihre Mängel aus.

Erst dann,
wenn Gott Mensch
seine Mittel beherrscht,
wird ihm ein Spiel sein,
Städte zu bauen,
die den Ausdruck des Menschen zeigen:
lebendig, verständlich und weit.

Künftiges Fortkommen

Es braucht keine Fahrzeuge mehr
und keine Straßen.
An den Wohnorten sind ausreichend
gelbe und blaue Gehäuse
aus Glas aufgestellt.
Die gelben betritt man,
wählt sich sein Ziel aus
und löst sich in Rauch auf.
Hinter dem Blauglas,
am Ziel einer Reise,
formt sich der Mensch
aus dem Rauch und
tritt unter den Himmel.
In größren Gebäuden
sind solche Zellen
des Eingangs und Ausgangs
für Reisen in Gruppen
vorhanden.
Auch alle Dinge
wechseln die Orte
auf nämliche Weise.
Einzig in Kliniken stehen
Gehäuse aus Weißglas,
bedienbar von außen,
dorthin kommt der Mensch
nur ein einziges Mal,
um nirgendwo anzukommen.

Neustadt

Die neue Stadt
erfaßt du leicht
mit einem Blick.
Auch mit geschlossenen Augen
kannst du sie verstehn.
An ihren Häuserzeilen
ist nichts mehr zu sehn
von dem,
was die Erbauer
in den Köpfen trugen.

So restlos ausgelöscht
ist jeder Widerspruch.
So ausdruckslos
und fern der Phantasie
sind Sims und Front und Fugen.

Vorwurf

Da habt ihr euch
was Feines ausgedacht.
Da macht ihr Straßen,
gerade zum Erbrechen,
um euch zu zeigen,
wie schön klar ihr seid.
Das macht ihr schon
seit vielen tausend Jahren?
Und jeder Weg,
den einer wirklich geht,
ist krumm.

Pariser Geschäftsstraße

Vor den Geschäften wird mit Fleisch gehandelt.
Das Angebot ist dünn – die Kundschaft billig.
Stumm und ergeben hängt die Ware aus.
Ein schlaffer Hintern wird hier angeboten
und hergezeigt, als wäre er ein frischer.
Dort hängen zwei besonders pralle Brüste.
Zwei zarte Rücken und ein langer Hals
sind ausgestellt, als gingen sie nur paarweis
und wären einzeln nicht gut abzusetzen.
Hier deuten Hände das Geschlecht im Schoß an –
das wird in jedem Falle mitgeliefert.
Darüber stehn gelangweilte Gesichter.
Nur in den Augen der Verkäuferinnen –
verspricht ein Kunde mäßiges Interesse –
glimmt Handelsgier – sie überbieten sich
und machen sich den müden Käufer streitig.
Der Nachmittag ist eine schlechte Zeit
für solchen Handel – aber diese Ware
muß umgesetzt sein, vor der Abend kommt.
Denn mit dem Abend kommt die Konkurrenz,
die frisches Fleisch in besserer Verpackung
in eignen Autos zu den Kunden bringt.

Elegie vom Wochenende

Sie flüchten morgens aus dem Dunst der Stadt
und lagern sich erwartungsvoll auf Wiesen.
Sie suchen nach Erholung, packen aus,
was sie dazu auf alle Fälle brauchen.
Und – haben sie sich wunschgemäß versorgt,
kann die Natur sich in das Ganze fügen
wie ein Versatzstück ihrer Welteinrichtung,
die sie dem eignen Kopf entnommen haben.
Meist stellt sich, vor dem Abend schon, heraus,
daß die Natur die Hoffnungen enttäuschte
und weit zurückblieb hinter der Erwartung.
So räumen sie sich herb enttäuscht zusammen
und flüchten wieder in den Dunst der Stadt.

Das Nötigste

Gerät, um Fisch zu fangen,
etwas Brache, ein Dach.
Gehölz, leicht zu erlangen,
einen See, nicht zu flach.

Hemden, bequeme Hosen,
Messer, Spaten und Beil,
Salz, Töpfe und Dosen,
ein paar Nägel, ein Seil.

Ist das zusammengetragen,
ehe die Sonne sich senkt,
kann man gerade noch sagen,
was man denkt.

Inselstadt in der Mark

Mittägliche Havelstille,
Sonnenglast und Winkelgassen.
Bilderbogenstadtidylle.
Katzen, die sich streicheln lassen.

Entenpulk und Fischerkähne,
Netze, die im Winde schwingen.
Wasser, wie gemacht für Schwäne.
Glitzerkleine Fische springen.

In der weißgetünchten Mauer
hinter den Hortensienstöcken
eine Alte auf der Lauer,
schwarzgekleidet zum Erschrecken.

Von zwei überdicken Wesen,
hinter blanken Butzenscheiben,
wird ein Hirtenbrief gelesen,
wie ihn Tote manchmal schreiben.

In des alten Birnbaums Zweigen
sitzt ein blaubehoster Junge.
Lang im mittaglichen Schweigen
zeigt er seine freche Zunge.

Die Zäune von Petzow

Die Zäune haben keinen Schutzgeist mehr.
Sie brechen um, verrosten und zerfallen.
Quer durch die Gärten gehen Wege her,
von niemandem verwehrt, benutzt von allen.

Nur bei den Häusern, wo man Küchenkraut
und Blumen sät, sind noch gehegte Erden.
Dort werden Zäune noch geehrt und aufgebaut.
Weil alte Bräuche schwer gerodet werden.

Märkisches Dorf

Im Sommer bin ich durch ein Dorf gefahren,
da waren Zäune, ausgerenkt und krumm,
verfilzte Gärten, ähnlich solchen Haaren.
Holz und Gerät lag in dem Staub herum.

Die Straße war wie eine alte Narbe,
die Häuser standen hoffnungslos und müd,
am Gasthof hatten nur Plakate Farbe
und eine Weide, denn die hat geblüht.

Stumpf und erloschen, wie die Haut von Greisen,
schien dieses Dorf und war doch wohl bewohnt.
Ein rotes Tuch gab vor, die Zeit zu preisen,
doch nichts war da, das sich zu preisen lohnt.

Vorbei an diesem Dorf bin ich gefahren
und sah Antennen auf den Häusern stehn,
was in der Welt geschieht in diesen Jahren,
schien man auch hier mit Eifer anzusehn.

Ein deutsches Dorf

Ein Dorf, so lebensweit von aller Welt,
vor alters zwischen Wald und Fluß gestellt.
Wo Pflug und Sense allzeit Werkzeug war,
wo alles freundlich schien und alles klar.

In diesem Dorf, wo alles einfach blieb,
der Weise war bekannt wie Narr und Dieb.
Dort war der Mensch ein Wesen der Natur,
und die Gezeiten galten mehr als Buch und Uhr.

Wo große Worte fremd vorübergehn,
wo Fremde blind vor allen Türen stehn,
war auch ein Jud. Den hat in einer Nacht
das ganze Dorf, weil ein Befehl kam, umgebracht.

Die Geduld der Natur

Die große Geduld der Natur
schließt auch uns ein.
So einfach
sind ihre Gesetze nicht,
daß wir draußen blieben.
Beweist nur schön,
was ihr erdacht habt,
an der Natur.
Auch das ganz Falsche
geht nach der Natur.

Die große Geduld der Natur
schließt auch das ein.

Der tote Baum

Ich steh in Traurigkeit,
die Hoffnungsvögel,
die noch in meinen schwarzen Ästen wohnten,
sind aufgescheucht und sind davongeflogen.
Sie haben viel zu lange
auf das Grün gewartet.

Noch steh ich da
und spür das Eis zerrinnen,
doch meine Wurzeln
sind schon abgestorben
und können diesen Regen
nicht mehr trinken.
Noch ist zu hoffen:
Möglich, daß er später
erwachen könnte,
nach so harten Frösten.

Doch ist erst Gras
und erstes Kraut gewachsen
und stehn die andern Bäume erst in Blüte,
wird meine Schwärze
jeden Zweifel tilgen.

Ich war ein Baum,
vor diesen langen Wintern.
Was an mir Baum war,
hat sich fortbegeben.

Gärtnerisches

Willst du die Aufzucht
empfindlicher Pflänzchen betreiben,
mußt du sie topfen.
Solches verhindert
das Trocknen der Wurzeln,
sammelt den Nährstoff
und schützt auch
vor schädlicher Umwelt.
Doch mußt du später
die Töpfe entfernen,
wenn sie das Wachstum
der Pflanzen behindern,
die würden dir sonst
in der Enge verkümmern.
Nur selten
sprengen die Wurzeln
die störende Fessel.

Japanischer Steingarten

Aus Steinen und Kristall,
aus dem, das kaum vergeht,
das Zeit und Tropfenfall
fast schadlos übersteht –
hat sich ein weiser Mann,
vergängnisfurchtbewegt,
nach kühl durchdachtem Plan
den Garten ausgelegt.

Fünf Steine, schwarz und grau,
vor einer Felsenwand,
so makellos wie Tau
in eiskristallnem Sand,
von keinem Wuchs gestört,
fernab von Gras und Baum.
Zu jedem Stein gehört –
harmonisch klar – sein Raum.

Achthundert Jahre lang
blieb solch ein Garten stehn.
Zeigt unverändert schön
durch der Gezeiten Gang,
den Geist, der ihn vollbracht.
Liegt in der Himmel Licht,
in ihrer Schatten Pracht,
als steinernes Gedicht.

Rondell für Gärtner

Wir haben den Baum begossen,
er trug uns keine Frucht.
Wir haben den Baum beschnitten,
er trug uns keine Frucht.
Und als er endlich Früchte trug,
da waren diese ein Betrug.
Die erste, die war madig,
das hat uns tief bewegt.
Die zweite, die war faulig,
das hat uns aufgeregt.
Die dritte, die war unverschämt,
da haben wir uns nicht gegrämt,
da haben wir die Axt gepackt
und einfach abgehackt.
Wir haben den Baum begossen,
er trug uns keine Frucht...

März

Nachrichten
kündigen
Schneestürme an.
Hinter den Gräsern
aller Frühjahre Hoffnung.
Die Sonne scheint maßlos.

Probe

Stiehl
einer Birke zur Frostzeit
ein schlafendes Reis.
Gib ihm Wasser und Wärme,
lüge ihm so einen Frühling.
Erwachen wird es und blühen,
blühen wird es und sterben.
Ohne Frucht.

Herbst

Zwischen den Scheiben
surrt eine Wespe.
Herbstwind beschlägt schon die Fenster.

Immer von neuem
stürmt die Gefangne,
immer von neuem.

Denn es verlängert
die Wärme des Zimmers ihr Leben
und mehrt ihre Kräfte.

Amseln

Das Traurigste auf Bäumen sind Amseln,
wenn Schnee die schwarzen Äste dicht bedeckt.
Sie sitzen da wie Früchte ohne Kerne,
den Kopf ins warme Flügelkleid gesteckt.

So starre Äste kann kein Wind mehr wiegen.
Ermattet hängt der Himmel, grau und schwer.
Doch eine Hand voll Hirse pflückt die Amseln,
dann stäubt der Schnee, dann sind die Bäume leer.

Beobachtung

Wasserhühner
halten sich nahe dem Röhricht.
Immer bereit, schnell zu fliehn,
und immer auf Suche nach Nahrung.
Fliehend noch schlingen sie
hastig die Beute hinunter,
hastig sich rettend.
Flucht vor dem nahenden Boot
und Flucht vor den Neidern.
Immer noch seh ich bei Menschen
das gleiche Verhalten.

Leben

Selbst unter dem unbestechlichen Auge
des Forschers
hat das kristallklare Wasser
kristallene Klarheit.
Unter dem unbestechlichen Auge
der Mikroskope
ist davon nichts mehr,
sondern es zeigt sich
ganz voller Leben und
trübt sich.

Der Fisch

In Silberstrudeln,
zwischen Gräsern steht
ein blauer Fisch
auf gelbem Grund.
Es ist ein Tanz,
in den er geht,
das Licht ist bunt.

Der blaue Fisch
auf gelbes Holz gelegt
Er ist sehr schön
in Eis und Kraut.
Es wird zum Kauf bewegt
im hellen Sonnenlicht,
wer ihn erschaut.

Möwen

Aufschwung, winziger Muskelzug.
Himmelgraues Gegleit.
Sturzschrei, gieriger Beuteflug.
Lachend, frech, fern der Zeit.

Mondraute

Es war dein Name und dein bleiches Sein,
die mich gefangennahmen, denn wie Mondenschein,
so leichenfahl war alles, was ich von dir sah.
Doch ich sah außerdem: Du blühtest ja!

Störendes Lied

Und eines Tages brannten die Berge,
brannten die Felsen zu Staub ganz und gar.
In alle Täler flossen die Meere,
bis zwischen Wasser und Glut nichts mehr war.

Und alle Vögel wurden zu Fischen,
und alle Fische flohen hinab.
Bäume und Gräser wurden zu Asche,
fanden am Himmel ein rauchiges Grab.

In allen Wassern spiegelten Feuer,
und alle Wasser fuhren hinauf.
Zwischen den Wolken aus Asche und Tränen
ging keine tröstliche Sonne mehr auf.

Aber die Erde war hell von den Flammen,
war von dem Spiegel der Wasser erhellt.
Unter dem Schweigen der anderen Sterne
brannte die Erde sich selbst aus der Welt.

Vor dem Gewitter

Geronnene Zeitung.
Die Luft ist
wie Pudding,
der Rauch steht
im Schornstein,
der Schädel
im Schraubstock,
das Blut stockt.
Du sagst nichts.
Kein Schritt
auf der Treppe,
das Radio
röhrt nur,
das Herz
in der Klemme.
Gar nichts mehr
bewegt sich.
Das Telefon
schweigt.

Auf den Simsen
die Tauben
sind still.

Wann kommt
das Gewitter?

Dieses Leisesein

Es ist kein Sturm gewesen,
kein Wetter tobte wüst,
kein Hagel hat zerschlagen,
was da zerfallen ist.

Nur diese leere Stille,
nur dieses Leisesein.
Was da zerfallen mußte,
zerfiel wohl von allein.

Märchen

Doch eines künftigen Abends
erzählen die Fische den Vögeln
die Träume vom Fliegen.
Da hören
die Fische die Träume der Vögel
vom Gleiten in Tiefen.

Seit diesem Abend
werden die Vögel
sich freier erheben.
Spielender gleiten
die Fische
nach diesem Abend.

Die Ballade vom besoffenen Fluß

Sogar im Frühjahr floß er still durchs Land,
niemals verließ er seiner Ufer Rand,
Holz, Schiff und Schwimmer trug er sanft ins Tal,
denn was er trug, das war dem Fluß egal.

Doch eines Tages schwamm auf ihm ein Kahn,
der war mit sieben Masten angetan,
der Kahn war leck und sehr mit Whisky voll,
die Mannschaft lag an Deck und soff wie toll.
    Er war ein Fluß mit grünen Uferhängen,
    und schien der Mond, war er von Silber weiß,
    es hieß, daß bleiche Nixen in ihm sängen,
    er war so sanft, er war so blau und leis.

Der Whisky lief dem Schiff zum Bauch heraus,
und mit den Männern soff der Fluß ihn aus.
Das war ein Whisky guter alter Art,
und wer ihn schmeckte, war in ihn vernarrt.

Da lag die Mannschaft blau an Deck und schlief,
doch nicht der Fluß, dem ging der Whisky tief.
Was in ihm schwamm, ob Krebs, ob Molch, ob Hecht,
war stintevoll ins siebente Geschlecht.
    Er war ein Fluß mit vielen weißen Brücken,
    und schien der Mond, war er von Silber weiß,
    und schwamm ein Schiff auf seinem breiten Rücken,
    dann trug er es und murmelte nur leis.

Doch plötzlich war dem Flusse sonderbar.
Er sah zum ersten Male richtig klar.
Er sprang sofort aus seinem Bett heraus
und holte sich das Schiff, die Kuh, das Haus.

Dann floß er los und hat enorm geschwankt,
da war kein Ding, das nicht in ihm versank.
Er zog die Brücken tief in sich hinein
und wollte einmal nicht der Sanfte sein.

> Das war der Fluß, den alle Leute kannten,
> und schien der Mond, war er von Silber weiß,
> der Fluß, den alle blau und harmlos nannten,
> sogar im Winter trug er sanft sein Eis.

Danach war ihm die ganze Welt egal,
er suchte sich ein großes, stilles Tal,
dort legte sich der blaue Fluß zur Ruh
und deckte sich mit einem Himmel zu.

Am Morgen stieg er nüchtern in sein Bett,
nun war er wieder blau und still und nett,
doch wer dem sanften Fluß begegnen tut,
der zieht seit diesem Tage seinen Hut.

> Er ist ein Fluß mit grünen Uferhängen,
> und scheint der Mond, ist er von Silber weiß.
> Es heißt sogar, wenn Dichter ihn besängen,
> dann fragt er sie nach einem Whisky leis.

Wege

Wege, die niemand mehr geht,
verwachsen, verwehn.

Vergessen wird,
was keiner mehr denkt,
auch wenn es bis dahin
geschrieben stand.

Bevor hier gegangen wurde,
war auch kein Weg.
Nun befestigen
große Maschinen
diese Straße
mit Eisenbeton.

Und überall liegen
verlassene Straßen,
vergessene Sprachen
und tote Philosophien.

In dieser Stadt

Überall sind Steine, wo wir gehn.
Städte stellen wir ins Land und liegen
hinter Türen, wenn sich Bäume wiegen
mit den Winden, die durch Fenster wehn.

Zwischen uns und Erde sind noch Zimmer,
wo sich Menschen, Tiere, Dinge regen.
Andre Dinge wollen sich bewegen
zwischen uns und diesem Himmel immer.

Nur in deinen Küssen, deinen warmen,
ist die Erde noch mit Gras und Bäumen.
Fluß und Himmel sind in unsren Träumen,
wenn wir uns in dieser Stadt umarmen.

August in Bukarest

Unter einem Himmel blau und gelb
steht die Stadt von Sonne weißgebrannt.
Schattenlos gestellt ins glatte Land,
wie auf eine ausgestreckte Hand.

Wo der Himmel eine Glocke ist,
bis zum Rande angefüllt mit Licht.
Wo der Sonnenklöppel donnernd spricht
über dem erhobenen Gesicht.

Wo die Kirchen bunt und schweigsam sind,
wo die Straßen reden, breit und lang.
Wo die Märkte tönen wie Gesang,
wo der Regen fehlt mit seinem Klang.

Dort steh still und lausche mit der Haut,
weil das Ohr die Töne nicht mehr hört.
Lausche auf das Lied, das dir erklärt,
was die weiße Stadt das Wachsen lehrt.

Dobrutscha

Steppe im Aufbruch,
Dobrutscha.
Rote Gewächse,
glashart und lodernd,
im Sandgrund.
Schafe am Salzsee.
Blökende Angst flieht zur Tränke.
Hütten, ins Erdreich gegraben,
und römische Thermen.
Aber Akazienzeilen
löschen das lodernde Elend,
den Brandwind.

Randlose Ebene,
umspült von den Milchstraßenfeldern
der Sonnenblumen.
Sterne, gesät von Traktoren.
Schon näht der Bauer
der durstenden Steppe
den Mantel aus Kukuruz.

Wassermelonen

Der Himmel hält die Sonne in der Mitte,
das Land zerbröckelt in der Trockenheit.
Der Wind schweigt schwer. Das Feld verschwimmt in Hitze,
ein Bussard rüttelt über uns und schreit.

Träg löscht der Staub die grünen Blätterflammen
und legt sich gelb auf das Melonenfeld.
Aus Maulbeerbäumen tropfen blaue Früchte,
weil sie das müde Laub nicht länger hält.

Im hohen Baum des Brunnens schläft der Rabe,
die Schlange schläft im kühlen Brunnenstein,
im tiefen Brunnen schlafen die Melonen,
an seiner Kette schläft der Eimer ein.

Da wecken wir den Eimer und den Raben.
Der Eimer fällt bis auf den Brunnengrund.
Mit trocknen Lippen und mit heißen Händen
ziehn wir die Frucht nach oben. Kalt und rund.

Ein Schnitt zerteilt die grüne, glatte Schale.
Wir beißen uns ins rote Fleisch hinein,
wir liegen schnaufend unter Maulbeerbäumen
und schlafen schließlich satt und trunken ein.

Überschwemmung im Delta

Ein Storch, ein Büffel
und zwei braune Pferde
auf einem Hügel
zwischen Sumpf und Rohr.
Dahinter schmilzt ein Haus
aus brauner Erde.
Die stumme, braune Donau
fließt davor.

Bojarenschloß Mogoşoaia

O schönes Gleichmaß der gestutzten Buchsbaumhecken,
von klugen Gärtnern eingedämmt zu Ornamenten.
O Spiel der Formen, und wie staunt das Auge,
wenn du gedenkst der ruhelosen Mühe,
die nötig war, was auswuchs, abzuschneiden.

Laß etwas Wind wehn und vermeide Nähe,
wenn du das wundersame Werk betrachtest.
Denn aus den Hecken steigt der Ruch von Grüften.

In Glasvitrinen aufgebahrt sind in den Sälen,
die goldne Böden haben und wo Säulen
von Zedernholz in Ornamenten prangen,
aus jenen Tagen goldene Pokale
und Schalen voller zarter Filigrane.
Von Meisterhand geformt und eigenwillig,
beweisen sie die Schönheit freier Schöpfung.
Der Meister starb mit sechsundzwanzig Jahren.
An Armeleutekrankheit, denn er war ein Bauer.

O Spiel der Formen, und wie staunt das Auge,
wenn du gedenkst der ruhelosen Mühe,
die nötig war, was auswuchs, abzuschneiden.

Dorfsonntag im Baragan

Auf den Bänken vor den Türen
sitzen alte Fraun und Kinder.
Alte Männer hocken friedlich
in der Schenke, trinken Wein,
oder sitzen an der Pappel,
reden leise über früher.
Lärmend über morgen reden
nur die Burschen, denn sie stehen
immer alle beieinander,
wenn der Sonntagabend kommt.
Immer an der gleichen Stelle.
Ihre Väter waren anders,
denn sie standen in der Jugend
siebenhundert Meter weiter.

Aber warum gehn die Mädchen
schon seit siebentausend Jahren
eng umarmt zu zweien, vieren
hin und her und viele Stunden?
Etwas seltener zu dreien –
das erinnert an ein Urteil –
an das Urteil mit dem Apfel.
Also warum gehn die Mädchen
von dem ersten Haus zum letzten,
von dem letzten Haus zum ersten –
immer wenn der Abend kommt?

Warum singen sie und lachen,
warum schwenken sie die Röcke,
warum schauen sie zur Seite,
warum müssen sie erröten,
wenn man nach den Gründen fragt?

Heimat

Wo die Erde in Gefäßen
aufbewahrt wird,
um die Pflanzen gefangenzuhalten.
Wo das Wasser
durch Röhren geht
und nicht mehr mit sich selber redet.
Wo die Vögel
gelernt haben,
die anderen Tiere zu zählen.
Wo der Wind
böse wird,
wenn man ihm zuhören will.
Wo die Wolken
aus Rauch sind
und wie Worte dahinziehn.
Wo die Menschen
der Grund sind,
aus dem dieses Getürm Sinn hat.
Dort bin ich gefangen und heimisch,
und dort bin ich sicher,
vor der Erde,
dem Wasser,
den Vögeln, den Wolken
und vor dem Wind.

V

Irgendeiner

Ich bin irgendeiner –
aber manchmal
bin ich einer von den Krügen,
in die all die vielen Tränen fließen
aus den Augen dieser Welt.
Manchmal bin ich
eines von den Feuern,
die sich von den Sehnsüchten ernähren
aus den Herzen dieser Welt.
Manchmal
bin ich einer von den Mündern,
woraus die Gelächter kommen müssen
auf die Dummheit dieser Welt.

Manchmal bin ich es und spüre,
wie die Tränen in mich rinnen,
wie die Feuer in mir brennen,
wie mich die Gelächter beißen,
und ich sitze schweigend da.
Ausgetrocknet von zu vielen Tränen,
eingefroren von zu vielen Feuern,
narrentraurig von zu viel Gelächter,
läßt mich mein Gesicht allein.

Salz

In mir war Salz, vor ich zur Welt gekommen.
Nicht aus der Mutter war es mir gegeben,
es war in mir vor meines Vaters Samen.
Das Salz der Meere und das Salz der Erde.

Es ruht in mir. Wenn ich die Hoffnung trinke,
wenn ich beginne, mich voll Glück zu saugen,
löst sich das Salz, und alles wird mir bitter.
Ich spür es noch in meinen Freudentränen.

Haus der Kindheit

Wenn ich durch das Haus der Kindheit gehe,
scheint mir alles seltsam klein zu sein.
Sehnsucht bringt mich in des Hauses Nähe
und ich bücke mich und trete ein.

Ob die Türen damals größer waren?
Werden Namen mit den Schildern blind?
Werden Fenster kleiner mit den Jahren?
Wie die Stufen schmal geworden sind.

Bis zum Himmel reichten diese Zäune.
Endlich kann ich in die Gärten schaun.
Und ich sehe neue frische Bäume –
meine Bäume wurden abgehaun.

Warum taste ich mich wie ein Blinder
durch die Kindheit und durch dieses Haus?
Auf der Treppe spielen wieder Kinder,
und ich gehe schnell und steif hinaus.

Meine Wälder

Die Wälder meiner Kindheit wachsen noch.
Als ich noch Angst vor Fuchs und Nebel hatte,
war, wo die Birken stehn, ein Spinnenloch.

Und manchen Weg, den ich vor Jahren ging,
hat jetzt der Wald sich zurückgenommen.
Und Dornen wachsen, wo ich Molche fing.

Die Sonnenflecken kommen dunkelgrün
durch hoch erhobne kühle Blätterhände.
Und Sumpf war da, wo nun schon Nesseln blühn.

In meinen Wäldern ist für alles Ruh.
Doch ich kann nicht in ihren Schutz gelangen,
denn in mir wachsen alle Wege zu.

Der Selbstmordversuch

I

Als ich sommers sechsundvierzig,
blaß und böse, ausgehungert,
mittags durch die Wälder strich,
um aus ausgebrannten Panzerwagen,
was noch brauchbar schien, herauszuholen –
zwischen Schützenlöchern und Soldatenresten –,
trug ich immer eine Walter sechsundsechzig,
blank geölt und durchgeladen,
in der rechten Seitentasche
meiner abgewetzten Jungvolkhose.
Ich war damals fünfzehn Jahre,
hatte in der Preußenschule,
zwischen Luftalarm und Winterhilfe,
schnell gelernt: Die Russen sind Barbaren.
Also haßte ich die Russen,
die mich hinter Potsdam darum brachten,
meine allzu dünnen Kinderglieder
für den lieben Führer wegzuschmeißen.
So lief ich herum als junger Wehrwolf –
wovon keiner – außer mir – was wußte,
auf der Suche nach den Heldentaten,
die das Vaterland vom Feinde retten.
Deshalb hatte ich mir vorgenommen,
triffst du einmal einen dieser Russen
ganz allein auf deinen Sommerwegen,
legst du ihn einfach, ohne fackeln, um.

2

Eines Tages fand ich einen Stiefel,
und ich suchte in dem Schützengraben,
auf den Fersen hockend, nach dem zweiten,
da sprach mich von oben einer an.
Als ich hochfuhr, hörte ich Gelächter.
Oben stand, am Rande meiner Grube,
ein sehr junger russischer Soldat.
Der stand da, kaum älter als ich selber,
Beine breit, gesund und selbst erschrocken,
weil er mich da unten hocken sah.
Er trug keine Waffe, doch die Hände
staken tief in seinen Hosentaschen,
und ich ahnte nicht, warum er lachte.
Lachend zog er aus der rechten Tasche,
während ich geduckt von unten starrte,
seine Hand, ganz langsam, beinah zögernd,
und dann gab er mir drei Rollen Drops.

3

Weiß vor Schreck, hab ich das Zeug gegriffen,
stopfte es in meine Hosentasche,
fühlte dabei deutlich die Pistole,
doch da hielt er, breit und fröhlich grinsend,
mir die leere Hand in meine Grube.
Ich griff zu. Er zog mich rasch nach oben,

klopfte mir ein paarmal auf die Schulter,
sah mir spöttisch in die bösen Augen,
drehte sich dann wortlos um und ging.
Ich stand da und fühlte nach den Dropsen,
dabei faßte ich an die Pistole,
und ich sah nur seinen breiten Rücken,
als er, beide Hände in den Taschen,
ohne sich noch einmal umzublicken,
langsam durch den Wald von dannen ging.
Mühsam nahm ich meine Hand nach oben
und besah mir staunend sein Geschenk.

4

Später, als wir längst schon Freunde waren
und ich ihn im Schilderhaus besuchte,
fragte ich, wir sahen in das Dunkel,
spielten mit der Glut der Zigaretten,
warum er mir Drops gegeben hat.
Lange schwieg er. Danach sprach er lange.
Ich bin her vom unteren Dnepr,
einem kleinen Dorf in der Ukraine,
das es seit dem Kriege nicht mehr gibt.
Früher gab es dort sogar ein Schwimmbad,
das wir Komsomolzen selber bauten,
und ein feines Fußballstadion.
Fische haben wir in unserm Dnepr,
länger als mein Arm und noch viel länger,

manche fing sie mit der bloßen Hand.
Und die Birken, nicht so grau wie diese,
die sind hier im Straßenstaub verkümmert –
Birkenwälder, richtig große Wälder,
ihre Stämme sind so weiß wie Schnee.
Einmal bin ich noch im Urlaub dagewesen,
und ich ging mit Kolja durch die Wälder,
Kolja, der bei Frankfurt/Oder fiel.
Die Studenten hatten mich so oft gehänselt,
wenn ich laut von unsern Wäldern schwärmte.
Kolja, der wie alle andern lachte,
wenn ich meine Birkenwälder anpries,
Kolja, der verstand mich nachher gut.
Aber damals ist schon Krieg gewesen,
als wir in den Birkenwäldern lagen
und in Heines „Wintermärchen" lasen,
denn wir brauchten es für unsre Prüfung.
Leider kam die Prüfung sehr viel früher,
und wir kriegten nicht so gute Noten.
Keiner hatte richtig Lust zum Lernen,
denn wir wollten alle an die Front.
Meine Mutter hatte mir geschrieben,
daß sie eine Jacke stricken wollte
und ich sollte ihr die Maße schicken –
aber wie das ist, ich hab's vergessen.
Auch ging damals schon die Post sehr schlecht.
Als ich schon die ersten Schlachten kannte,
da hat meine Mutter erst erfahren,
daß ich längst nicht mehr in Moskau war.

Krieg und Lernen paßt so schlecht zusammen,
aber so war's nicht – wir lernten weiter,
Kolja, der bestand darauf, sogar zum Angriff
schleppte er die deutschen Bücher mit.
Kaum daß wir mal eine Pause hatten,
las er mir aus Schillers Versen vor.
Manchmal war das nicht so leicht zu machen,
du verstehst, das Deutsch war eine Sprache,
die für viele Ohren böse klang.
Nun, wir setzten uns ein wenig abseits,
sprachen leise, und man wußte schließlich,
daß wir beide gute Kämpfer waren.

5

Eines Morgens fragte mich der Kolja,
als wir ein paar Tage Ruhe hatten,
ob ich zu den Partisanen möchte.
Klar, wir gingen beide, nach drei Tagen
schlugen wir uns durch die deutschen Linien
in die heimatlichen Birkenwälder,
weil sie dort ein paar Genossen brauchten,
die die deutsche Sprache sprechen konnten.
Wie's das Leben will, in meinem Dorfe,
wo die Mutter und die Schwester lebten,
hatten Deutsche einen Stab errichtet.
Das erfuhr ich noch am gleichen Tage,
als wir zu den Partisanen stießen.

Aber nicht erfuhr ich, daß der Angriff
auf den Stab schon längst beschlossen war.
Ein Befehl kam, ich ging los mit Kolja,
um genau die Lage zu erkunden.
Mit uns ging noch unser Kommissar.
Glaube mir, mir war nicht leicht zumute,
denn ich wußte doch, daß meine Lieben
noch im Dorf sein konnten, und ich wußte
nicht einmal, ob sie am Leben waren.
Früh am Morgen schlichen wir uns näher,
schwammen durch den Fluß und krochen weiter,
bis wir auf dem Osterhügel waren,
wo das Haus des alten Popen stand.
Dort war alles nur noch Schutt und Asche.
Aber wenn man auf die große Birke,
die am Brunnen vor dem Hause stand, hinaufstieg,
konnte man ins Dorf hinunter sehn.
Auf der Birke zählte ich die Posten,
die Geschütze und die Panzerwagen,
sah genau, wo ihre Deckung schwach war
und wie man ins Dorf gelangen konnte.
Ich war schon dabei, hinabzuklettern,
da sah ich durch Zufall auf das Schwimmbad,
das im Schatten unsrer Schule lag.
Rings ums Becken Deutsche mit Gewehren,
und am Sprungturm standen Offiziere.
Ein paar Schüsse. Durch das Fernglas sah ich,
daß im Wasser Menschen schwammen.
Die Faschisten hatten in das große Becken,

das man bis zum Grund durchschauen konnte,
junge, nackte Fraun hineingestoßen,
und sie schossen, wenn sich eine
an dem Beckenrand zu halten suchte.
Ich schrie auf und bin gefallen.
Die Genossen führten mich wie einen Blöden
von der Birke weg und bis ans Ufer.
Erst als wir den Fluß durchschwommen hatten,
fand ich meine Stimme wieder.
Kolja mußte mich gewaltsam niederschlagen,
denn ich schrie und hätte uns verraten.

6

Mit dem Dunkel kam der Angriff,
wie der war, kannst du dir denken,
unser Haß war wie die Flammen.
Viele sind uns nicht entkommen.
Was von unserm Dorf noch lebte,
ging mit uns. Doch meine Mutter
hing im Garten. Meine Schwester
war die eine der acht Toten,
die wir aus dem Wasser fischten.
Eine Stunde später schossen
sie das Dorf zum Trümmerhaufen.
Dreiundvierzig von sechshundert
lebten noch aus meinem Dorfe.
Einer davon bin ich selber.

Ich kann heute noch nicht sagen,
was ich dachte, was ich fühlte
in den Wochen, die dann kamen.
Ja, ich schlief noch, aß und lebte.
Nicht ein Wort der deutschen Sprache
kam mehr über meine Lippen.
Kolja sprach kein deutsches Wort mehr
bis zum Tode.

7

In mir war nach diesem Angriff
jede Menschlichkeit gestorben.
Nein, ich dachte nicht an Selbstmord.
Ich muß leben, um zu töten,
war mein einziger Gedanke.
Und ich tat es. Wo ein Deutscher
mir vor das Gewehr kam, schoß ich.
Wo ich deutsche Worte hörte,
raubte mir der Haß die Sinne.
Zweimal haben die Genossen
mich entwaffnet. Einmal wollten
sie mich richten – immer wieder
gaben sie sich alle Mühe, mir zu helfen.
Dann kam Lemberg. Nach dem Angriff
kämmten wir die Straßenzüge.
Ein Soldat, von dem ich wußte,
daß ihm die Barbaren alles,

was er liebte, niedermachten,
seine Frau und beide Kinder,
war mit mir in einer Gruppe.
Aus dem Hofe eines Hauses
hatten sie auf uns geschossen.
Wir durchsuchten alles gründlich.
Ich durchstöberte den Keller,
als ein Schuß fiel. Ich lief eilig
in die Richtung. In der Küche einer Wohnung
schrie ein Kind und zerrte weinend
an den Haaren seiner Mutter,
die lag sterbend auf den Fliesen.
Der Genosse stand daneben,
und er lachte wie von Sinnen.
Dann hob er den Lauf und legte
auf das Kind an. Ich entriß ihm
das Gewehr und schlug ihn nieder.
Da traf mich ein Schuß von hinten.

8

Ich kam zu mir, als der Arzt noch
an der Ausschußwunde nähte.
Ich war diesem Mann nicht dankbar,
daß er mich nicht sterben ließ.
Wochenlang in Fieberträumen
und in meinen wachen Stunden
sah ich nur die kleine Küche

mit der Frau, die sterbend da lag,
und dem Kind, das an ihr zerrte.
Nein, ich wollte nicht mehr leben.
Der Gedanke, daß wir selber
durch die Grausamkeit der Feinde
grausam wie die Feinde wurden,
hat mich nicht mehr losgelassen.
Daß wir, junge Kommunisten,
die wir Völker retten wollten
vor den Mördern und Barbaren,
selber zu Barbaren wurden,
konnte ich nicht mehr ertragen.
Eines Nachts, als mich die Schwester
einen Augenblick verlassen,
schlug ich schnell ein Glas in Scherben
und zerschnitt mir beide Pulse.
Heute schäm ich mich der Narben.

9

Wie du siehst, ich bin am Leben,
wurde als geheilt entlassen.
Doch damit ich wieder lernte,
daß ein schweres Leben besser
als ein leichtes Sterben ist,
ließ man mich nicht in der Heimat.
Deshalb schickten die Genossen
mich zur seelischen Genesung

hier nach Potsdam.
Und nun kannst du nicht begreifen,
was das alles noch mit deinen Drops zu tun hat?
Sieh mal, Junge.
In derselben Tasche hatte
ich die Waffe. Kinder essen
gerne Süßes. Klein und böse
hast du unter mir im Loch gesessen.
Und es war so gut. Ich konnte lachen.
Für den Sold, den ich bekomme,
es ist wenig, kaufe ich nur Süßigkeiten.
Treff ich Kinder, geb ich ihnen,
was ich in der Tasche habe.
Das ist alles, und du weißt ja –
alle Kinder kennen mich im Dorfe.

10

Und dann schwieg er, und wir rauchten.
Spielten mit der Glut der Zigaretten.
Ich stand auf und ging nach Hause,
denn ich konnte ihm nichts sagen.

Fünfundzwanzigjährig

Kommt mir der Tod, daß ich ihm folgen möge,
dann nicht wie Wild, der letzten Zuflucht bar.
Nicht ohne Sehnsucht mehr. Ich will nicht fallen,
wie Blätter fallen, wenn ihr Sommer war.

Ich will ihm folgen können wie die Stille
den Schlußakkorden, wie der Duft dem Wein.
Ich will mich angefüllt zum Ende neigen.
Ich will nicht aufgebraucht und nutzlos sein.

Schwemmholz

Ich bin zu lange in der Flut geschwommen.
Mich haben Sand und Stürme abgeschliffen,
und die Struktur liegt für das Auge offen.
Ich habe nur noch innen meine Kanten.

Wieviel Erschütterungen trägt ein Mensch?

Als ich elf Jahre alt und Hitlerjunge war,
fielen die Bomben auch auf meine Stadt.
Ich war erschüttert, auch mir wurde klar,
daß dieser Krieg nur Tod zu bringen hat.

Als ich verführt zum Heldentum und vierzehn war,
ging mein Verführer drauf, der Krieg hielt an.
Ich war erschüttert, weil ich nicht verstand,
wie man so lange siegen und so schnell verlieren kann.

Als ich dann eines Tags nach Sachsenhausen kam,
erfuhr ich alles über die SS, und ich erschrak,
zu viele sagten, keiner hätt's gewußt –
und es war nicht nur Dunkel hier, es war auch Tag.

Mit fünfundzwanzig war ich Kommunist,
als man dem toten Stalin ein Gericht gemacht.
Ich war erschüttert, denn zum zweitenmal
erfuhr ich von dem Mißbrauch großer Macht.

Fünf Jahr danach, am dreizehnten August,
zog man die Grenze quer durch meine Stadt.
Ich war erschüttert, weil ich plötzlich sah,
daß man sie auch nach innen nötig hat.

Noch bin ich jung und möchte meine Zeit
am Leben bleiben, wie wohl jedermann.
Ich bin erschüttert, denn ich frage mich,
wieviel Erschütterung ein Mensch ertragen kann.

Botschaft

Laßt mich kommen zwischen euch,
wie den leisen Wind, der noch nichts will.
Laßt mich bleiben zwischen euch –
eine kleine Weile – still.

Laßt mich lächelnd eine Weile
zwischen euch verharren.
Dann sagt mir die neuen Namen
für die alten Narren.

Grimmiger Spruch

Ich habe kein Schicksal.
Ich finde mich nicht ab.
Ich werde nicht aufhören
zu sagen:
Das Bessere kommt noch!

Gut, gestorben muß werden,
aber solange
der Deckel nicht zugeschraubt ist,
wird die Hoffnung
nicht aufgegeben!

Moritat

Wen es stört,
daß ich zum Denken
nicht seinen,
sondern meinen
Kopf benutze,
der sollte –
vielleicht einen Tag lang –
versuchen,
mit meinem Kopf zu denken.

Eines allerdings
würde ich auch dann nicht
für ihn übernehmen:
die Verantwortung.

Flucht nach vorn

Bei mancher Kunstdiskussion
hör ich den Unterton:
Schafft endlich die Kühe ab
und steigert die Milchproduktion!

Die Rechthaber

Rechthaber
fordern von meinem Kopf nur
sein Nicken.
Ich bin gegen Rechthaber
und begünstige dennoch
die sozialistische Art.
An ihnen übe ich Langmut,
wohl,
weil ich an ihrer Sache
beteiligt bin.
So erlaube ich ihnen
zum Beispiel,
wie Kinder herumzutrampeln
auf dem Saatacker.
Manches geht dann eben
leider nicht auf.

Am Schwielowsee

Hier kann ich wagen, Elefant zu sein,
kann meine weißen Häute ruhig zeigen.
Hier lege ich mich in den See hinein,
kann etwas blinzeln und kann lange schweigen.

Hier kann ich stumm auf meinem Rücken liegen,
kann leise singen, was ich selber mag.
Hier kann ich mich nach meinen Takten wiegen
und kann die Nacht erwarten wie den Tag.

Hier bin ich unter Leuten fast allein
und rieche wieder Bäume, Gras und Erde.
Hier kann ich wagen, Elefant zu sein,
um abzuwarten, ob ich menschlich werde.

Regen

Der Regen tröpfelt seine Traurigkeit
in meinen unbeschwerten Vormittag,
daß ich die Arbeit, die ich machen will,
auf einmal nicht mehr mag.

Ich nehme meinen Regenmantel her
und gehe durch die wasserblanke Stadt.
Die Straßen sind so ausgefegt und leer,
weil jeder Obdach hat.

Die Tropfen laufen über mein Gesicht
und dringen in den Kragenausschnitt ein.
Auch meine Füße werden langsam naß.
Doch ich kann nicht mehr traurig sein.

Jeden Tag

Jeden Tag
sehe ich nach dem Flugbrett
für Engel.
Jeden Tag
wisch ich es ab
mit der Hand.
Jeden Tag
liegt es voll Asche
und Staub.
Aber sonst
nur die Spuren von Spatzen.

Spiel

Ich spiele.
Da ist weißes Metall, Aluminium.
Schön gegossen und glatt,
Haube eines Relais.
Nur dafür bestimmt, aber
ich denke mir mehr aus.
Vase,
Trommel,
Spiegel und
Muschel.
Wohnung für ganz kleine Vögel!
Blau müßten sie sein.
Ich genieße meine Erfindungen.
Ich spiele.

Das Vorbild

Ich habe ein Kind kennengelernt,
von der Größe eines Weisen.
Bei ihm ist reden zugleich auch
handeln.
Wenn es Hunger hat,
spricht es nicht vom Wetter.
Es sagt: Ich will essen.
Wenn es sich langweilt, sagt es:
Ich will etwas anderes machen,
und geht.
Manchmal sagt dieses Kind:
Dich mag ich nicht, oder:
Der Onkel hat einen dicken Bauch, oder:
Hier stinkt es aber, oder:
Ich möchte das Auto haben.
Das alles ist dann wahr.

Dieses Kind,
von der Größe eines Weisen, sagt auch:
Lügen macht Spaß, und,
wenn es mit sich nicht zufrieden ist,
ärgert es sich über sich selber
und schämt sich auch.
Dieses Kind,
deshalb ist es so schwer,
von ihm zu lernen,
hat uns eines voraus:
seinen Ausnahmezustand.

Entstehung eines Kindes

Seit du da bist,
habe ich nicht länger
als drei Stunden hintereinander
geschlafen.
Du bist erst zwanzig Tage alt,
aber schon
habe ich dich zu oft gefüttert
und zu lange angesehn.
Schon bist du mit meinen Hoffnungen
ausgestattet
und hast deinen Platz
in mir eingenommen.

Wenn sie jetzt kämen,
um zu beweisen,
daß du vertauscht worden bist:
ich würde dich
nicht mehr hergeben.

Für Christine

Du legst in meine Hand dein winziges Gesicht.
Warm, blaß und jung.
Und deine Augen, die noch alles anschaun müssen,
weil sie von allem viel zu wenig wissen,
und dein vertrauensvoller kleiner Mund,
noch unversehrt von Bitternis und Küssen,
sind jetzt so still,
daß mich ein Schreck durchsticht.

Du legst in meine Hand dein winziges Gesicht.
Du schaust mich an.
Nein, so erwachsen bin ich nicht,
daß ich dir darauf Antwort geben kann,
wann unsre Welt so warm wie meine Hände ist.

An eine Tochter

Du bist schon so vernünftig, Kind,
daß es mir Bange macht.
Wie schnell die Kinder Menschen sind,
wer gibt schon darauf acht.

Noch ist die glatte Stirn so schmal
und nirgends bist du rund –
doch frag ich mich schon manches Mal:
Was zuckt um deinen Mund?

Ich seh dich wach und ernsthaft stehn
und zusehn, wie das geht
mit uns – du scheinst schon zu verstehn,
wie manches Lied verweht.

Du zeigst mir, was die Leute tun,
und siehst in ihr Gesicht.
Die sollten danach schlechter ruhn –
noch stört dein Blick sie nicht.

Großes Lob

Der winzige Sohn
meines Pariser Freundes
nennt mich
nach drei Jahren
noch immer:
Mein Freund Heinz.
Obwohl er mich
nur drei Tage lang
kannte.
Von seinem Vater befragt,
warum ich sein Freund sei,
sagte er,
ohne Zögern:
Du hast viele deutsche Freunde,
aber der
hat mit mir gespielt.

Meine Hoffnung

In deinem Alter, Kind,
hat jeder Mensch noch Gründe,
anzunehmen,
er könnte
fliegen wie laufen
lernen.

Ich werde mich hüten,
dich aufzuklären.

Vielleicht
bin doch ich es,
der sich irrt.

Die Furcht

Wohin ging ich
in zu vielen Träumen?
Immer
stand ich am Rande von Felsen
und starrte hinab.
Unter mir war es lebendig
in Dunkel und Nebel.
Über mir Licht,
und um mich
war nur noch die Stille,
der nichts mehr geschieht.
Immer
war ich bereit,
mich hinunterzustürzen,
immer
hielt mich die Furcht,
daß der Sturz mich
zerschellt.

Sehnsucht, zu groß

Seit diesem Tag, Zukunft, Freundin,
weiß ich, in heißem Erschrecken:
Wenn du endlich eintrittst,
werde ich dir nicht entgegenkommen,
werde ich sitzen bleiben
mit gekreuzten Armen
über den Knien.
Damit du nicht zu früh erfährst,
mit welcher Begierde
ich dich erwartet habe.

Das Lächeln

Oft geschieht es, daß ich Leute treffe,
die sich früher einmal mit mir kannten.
Und dann kann ich mich nicht mehr erinnern,
wenn sie mir auch Ort und Namen nannten.

Auch wenn sie von sich und uns erzählen,
hör ich zu und alles bleibt verhangen.
Bis sie lächeln. Dann erst weiß ich wieder.
Denn ihr Lächeln ist mir aufgegangen.

Keiner kann das Lächeln eines andern.
Darin muß er in sich selber bleiben.
So wird alles klar. Mit ihrem Lächeln
seh ich die Erinnerungen treiben.

Nur von denen, die nie lächeln konnten,
wußte ich mir nichts mehr zu bewahren.
Und von denen, die seither vergaßen,
daß sie lächelten in frühen Jahren.

Glück

Es ist nicht wahr,
daß ich nicht glücklich bin.
Der Mund voll Brot, das volle Glas im Griff,
Bett, Stuhl und Tisch stehn sicher,
und ich friere nicht.
Die Frau, die Freunde
sind erreichbar weit,
das Kind kommt immer noch
vertraut entgegen.
Es ist nicht wahr,
daß ich nicht glücklich bin.
Nur scheint es
viele Arten Glück zu geben.

Der Preis

Niemals zuvor
war der Geschmack
von bittrem Glück
in meinem Mund so stark
wie an dem Tag,
an dem ihr mich
in euren Honighimmel
eingelassen habt
und hinter der
verschlossenen Tür
erklärtet:
Kein Zurück.

Entfernungen

Das Mittelstreckenflugzeug
brauchte zwei Stunden
bis Belgrad.
Ich habe fünfzehn Jahre gebraucht.
Mein Telefon verbindet mich
in zehn Sekunden
mit meinem Kollegen –
aber seit fünf Jahren
haben wir nichts mehr
zu sprechen gehabt.
Die Entfernungen sind kürzer
und schmerzlicher geworden.

Mein Schatten

Lang mußte er sich machen,
um nicht zurückzubleiben.
Bergauf.

Als ich mich umsah,
stand er schon hinter mir.

Schweigend
ging er vorbei –

Nun,
auf der Ebne des Mittags,
vor meinen Füßen,
duckt er sich.

Aufspringen
und vorauseilen wird er,
wenn der Weg sich neigt.

Im Abend
ist er vor mir da.

Von nun an
sehe ich ihn.

Seit mein Schatten
vor mir hergeht,
trete ich leiser auf.

Außer uns Menschen

Ich habe gesehn,
wie ein Trauriger
einen Fröhlichen auslachte,
und ich habe mich eingemischt.
Die Straßenbäume,
ein paar Tauben,
eine Haustür
und ein Regen
mischten sich ebenfalls ein.
Wo das doch niemanden
außer uns Menschen
was angeht.

Zeit-Geschichte

Wir saßen lange
in der lärmenden Kantine.
Der junge Regisseur schlug vor:
Gehn wir zu mir,
das ist ein Stoff, und
daraus wird ein Film.
Erzähl mir alles,
was du weißt, noch mal!

Wir fuhren, weiterredend,
vor ein Haus.
Sein neues Heim.
Er führte mich
durch einen schmalen Flur
bis in sein großes helles Zimmer.

Erst in der Tür
erkannte ich den Raum.
Hier wurde ich verhört,
wo jetzt der Tisch stand,
da unter diesem Teppich
war mein Blut.

Der Hausherr füllte Gläser.
Roter Wein.
Ich konnte nicht mehr reden,
mußte gehn.

Im schmalen Flur
stieß ich die Tür
zum Keller auf.
Hier warf man mich hinab.
Die gleiche steile Treppe
war noch da.

In dieser Nacht
verlief ich mich
in meiner Stadt.

Danksagung an Schönfärber

Daß ich euch
zusehen darf,
wie ihr die Wahrheit,
an der man
ersticken könnte,
genießbar macht.

Daß ich euch zusehen muß.

Lebenswunsch

Niemals
möchte ich
in einer guten
alten Zeit
gelebt haben!

Gewißheit

Geh jeden Weg,
steige in jede Tiefe,
fliege in jeden Himmel,
aber
schau dich nicht um.
Ich folge dir nicht.

Ich suche mir selber
durch Himmel und Höllen
den Weg.

So groß
kann das Weltall nicht sein,
daß wir uns nicht
wiedersehn.

Solange du mit dir nimmst:
dein Lächeln,
solange finde ich dich.

Rabenlied

Sieben weiße Raben
flogen vor mir her,
als ich übers Feld ging
bis ans dunkle Meer.

Sieben weiße Raben
saßen hoch im Baum,
als ich in dem Meer schwamm,
durch den weißen Schaum.

Sieben schwarze Raben
flogen übers Land,
als ich auf dem Meer trieb,
weiß und still die Hand.

Mein Leben

Wen kann verwundern, daß ich ungestillt
und ohne Ruhe auf der Suche bin
nach unerkannter, fremder Wirklichkeit.
Mein Leben hat nur diesen einen Sinn.

Nur so erneuert sich Lebendigkeit,
wenn jeder Schritt und jeder Griff und Blick
ins Unbekannte führt, denn was ich weiß,
fällt in die Räume hinter mich zurück.

Mich hält nur auf, was keine Lösung hat.
Schmerz, Tod, Gedanke, ungeklärtes Wort.
Was seine Fragen schon vergeben hat,
wird stumm für mich und treibt mich weiter fort.

Das hier ist Wahrheit

Ich hörte:
Wolken sind über den Völkern
von allen Atomexplosionen.
Sie werden herunterkommen.

Ich las:
Winde sind aufgekommen
überm Pazifik,
die Staub mit sich tragen.
Sie wehen über die Erde.

Ich sah:
Fische wurden gefangen
im Meer von Bikini,
die hatten drei Köpfe.
Sie schwimmen in alle Meere.

Ich weiß:
Kinder wurden geboren
in Nagasaki
von menschlichen Müttern.
Es sind keine Menschen.

Was immer gelogen wurde
in Zeitungen, Rundfunkstationen
und Kinos,
das hier ist Wahrheit.

Wann ist das Brot, das ich esse,
kein Brot mehr?
Wann ist der Wein, den ich trinke,
kein Wein mehr?
Wann ist das Kind, das ich zeuge,
kein Kind mehr?

Wenn der Fisch vom Pazifik
auf unserm Tisch steht,
wenn der Wind von Bikini
durch unser Haar weht.
Wenn die Wolke von Bikini
auf uns niedergeht.

Warum ich lebe?

Warum ich lebe, fragen mich die Leute
und zeigen mit den Fingern auf die Lohen,
die aus Raketen schlagen. Übung heute
und morgen Mord soll meinen Leib bedrohen.

Warum denn leben. Oben stehen Wolken,
die streuen Krüppel in die Mutterschöße
und in die Milch, die eben erst gemolken.
Was kann mich schützen außer meiner Blöße?

Bis an das Ende will ich leben bleiben,
und meine Hoffnung geht mit mir zunichte.
Aus meiner Qual kann keine Furcht mich treiben.
Noch steht die Welt. Ich lebe, weil ich dichte.

Bei allem

Bei allem,
was ich bezweifle,
seit nicht mal
der Zweifel mehr zählt
und seit ich
den Glauben verachte
und seit mir
der Himmel zerfällt.
Bei allem,
was ich vernichte,
damit sich
mein Leben erhält,
bei dem,
was ich täglich verrichte:
Ich glaub
an den Anfang der Welt!

An X und Y

Solange ich meine Möglichkeit
zu denken
reduzieren muß
auf eure Möglichkeit
zu begreifen,
so lange
wird es nur selten vorkommen,
daß ich,
obwohl wir der gleichen Sache verpflichtet sind,
mit euch einer Meinung bin.

Für Heiterkeit

Überall,
wo die Porträts der Klassiker
des Marxismus
gezeigt werden,
macht es mich traurig,
daß sie so ernst
auf uns schaun.

Ist nicht,
was wir in ihrem Namen erfüllen –
von allen Menschenwerken
das heiterste?

Unser Ziel ist doch:
Freundlichkeit.
War Engels ein Sauertopf?
Warum zwinkert uns Lenin,
der listige Denker,
nicht aufmunternd zu?
Wo ist das Land,
auf dessen Erbauer
ein lachender Marx schaut?

Ein Tag wie ein Wunder

Niemand wollte etwas von mir.
Ich konnte hingehn zu denen,
die Häuser bauten,
die Obst pflückten,
die mit den Kindern spielten.
Bei ihnen allen konnte ich
tätig sein.
Niemand wollte meinen Ausweis sehn.
Niemand wollte wissen,
wie ich etwas gemeint habe.
Und am Abend durfte ich schweigen,
oder singen,
oder erzählen –
wie es mir einfiel.
Meinen Namen wußten sie nicht.
Meine Heimat spielte keine Rolle.
Mein Beruf war ihnen egal.
Ich war irgendeiner für sie,
irgendeiner von ihnen.
Das war ein Tag wie ein Wunder.

Elementares Bedürfnis

Ich will gar nicht
immerfort
woandershin. –

Aber es
können
dürfen.

Wir haben gesungen

Du fragst mich,
wo ich gewesen bin,
daß ich nicht heimfinde,
schon lange zu Haus.
Mit den Männern bin ich gegangen
mit den Äxten.
In den Wäldern, zwischen den Bergen
bin ich gewesen.
Wir haben geschuftet, geschwitzt,
gegessen, getrunken –
wir haben gesungen –
gesungen den ganzen Tag.
Auch ich habe gesungen, ich;
der ich nicht singen kann,
hab mit den Männern gesungen.
Nun fragst du mich,
wo ich gewesen bin,
daß ich nicht heimfinde,
schon lange zu Haus.

Im Strom

Nackt und bloß bin ich in Wassern.
In den Strudeln, die sich jagen,
ziehe ich mit vielen Fischen
in den Wellen, die mich tragen.

Urgewalten unterm Rücken
schwimm ich mit den Wolkenzügen,
hab den Himmel in den Augen
und den Strom für mein Vergnügen.

Der Rat

Was mir ein Zigeuner gesagt hat,
das sage ich keinem.
Er hatte mich angesehn,
eine Stunde lang.
Hatte sein Brot geschnitten,
mit einem schmalen Messer,
hat eine Zwiebel
und eine Gurke geschnitten
mit seinem schmalen Messer
und mich angesehn.
Eine Stunde
war zwischen uns
Schweigen und Messer,
dann sagte er es.
Es war traurig.
Es war weise.
Es war töricht.
Wir haben beide gelacht.
Was mir da der Zigeuner gesagt hat.
Ich sage es keinem.

Am Meer

Der bleiche Himmel kriecht mir in die Lider
und macht die Augen auch nach innen blind.
Blaßrote Schleier flackern auf und nieder –
Gedanken, die schon am Verlöschen sind.

Ich liege ausgestreckt, ganz nah dem Orte,
der später ungerührt die Reste deckt;
ganz nah der Erde liege ich und horche
auf einen Pulsschlag, der mich tief erschreckt.

Jetzt I

Jetzt
rede ich so
mit dem Tod:
bis man das Leben
verlängern kann, beliebig,
lebe ich nicht. Also:
jederzeit kannst du kommen, aber
laß mich nicht fertig sein
mit allem, aber
laß mich nicht leer sein
zuvor.

Immer von ihm wissen,
heißt nicht ihn erwarten.
Immer von ihm wissen,
heißt gründlicher leben.
So rede ich jetzt
vom Tod.

Wenn er kommt,
werde ich anders reden.

Bericht an Anemone

Als wir an jenem Montag
in den kleinen Eckladen
am Boulevard gingen,
weil du Rasierklingen
für deinen Mann kaufen wolltest,
war mein Vater
seit vier Stunden tot.
Ich aber kam durch dich
auf den Einfall,
ihm einen Rasierapparat
und zwei Päckchen Klingen zu schenken.

Du hast mich erstaunt gefragt:
Du hast noch einen Vater?
Ich erzählte dir lächelnd
von ihm, und weil wir
uns über den Kunstwert
einer Brosche stritten,
hörtest du nicht zu,
und ich brach
nach dem dritten Satz ab.

Das alles war so,
weil wir über die Tatsachen
nicht informiert waren.

Morgenfurcht

Auch eine Großstadt kann so leer wie eine Kirche sein.
Wenn sich der Morgen vor den Fenstern krümmt
und nur die Vögel in den Höfen schrein.
Dann frage ich mich oft, ob es noch stimmt
mit meiner selbstbewußten Sicherheit.
Dann bin ich manches Mal so weit,
daß ich mich wieder fürchten könnte wie ein Kind,
das in den Nächten nach der Mutter schreit,
weil alle Dinge ringsum fremd und voller Grauen sind.

Befristet

Als ich meinte, daß ein Leben endlos ist,
fühlte ich mein Leben schnell vergehn.
Weil Unendlichkeit sich nur in Zeiten mißt,
spürte ich nur eines, das Verwehn.

Seit ich weiß, ich gehe bald zugrund,
geht mein Leben langsam, Schritt für Schritt.
Meine Hoffnung läuft sich langsam wund,
und ich komm nicht mit den Zeiten mit.

Manchen Dingen seh ich heut schon an,
daß da gar nicht viel zu machen bleibt.
Dazu braucht es einen frischen Mann,
der noch durch Unendlichkeiten treibt.

Frost

So kalt wie dieser Winter war,
darf niemals mehr ein Winter sein.
Sonst friere ich mit Kleid und Haar
bis in die Seele ein.

Ich weiß nicht, wieviel Kälte da
der Frost an meine Haut gebracht.
Ich fror nicht außen, doch ich fror
im Herzen Tag und Nacht.

Der Frost, der mir die Seele schnitt,
fror Blumen in die Augen ein.
Sie schmolzen unter deinem Blick
und sollten Tränen sein.

So kalt wie dieser Winter war,
darf niemals mehr ein Winter sein.
Sonst friere ich mit Kleid und Haar
bis in die Seele ein.

Elegie

Unfreundlich wird mir mitunter das eigene Heim
  für die Dichtung.
Weil es nicht Raum hat für zärtliche sorglose
  Träume.
Weil ich nicht sicher mehr bin der Geliebten,
  nicht sicher der Liebe,
weil sich die Frau in den Falten des Schlafes
  versteckt hält.
Weil meine Sehnsucht umherirrt und niemand
  sie aufspürt.
Weil sich die Sprache der Liebe nicht mehr zu
  dem Lied formt,
weil kein Verlangen mich bittet, Verlangen zu
  haben.
Unfreundlich wird mir mitunter das eigene Heim
  für die Dichtung.

Fremde Traurigkeiten

Manchmal seh ich zwischen sehr viel Leuten
ein Gesicht, das nur noch traurig ist.
Ein Gesicht, ganz ohne Eitelkeiten.
Ein Gesicht, das sich nur schwer vergißt.

Manchmal will ich dann die Hand aufheben
und will streicheln, fragen, freundlich sein.
Doch ich bleibe stumm und fremd daneben,
gehe weiter, lasse es allein.

Ich weiß nicht mehr

Allein sein
darf ich nur noch
in der Nacht
und bin doch einsam
in so vielen Stunden.
Das Dasein
stopft mich voll
mit seiner Fracht.
Was nötig ist,
in mir
wird es gefunden.

Doch mich zu sammeln,
hab ich
keinen Ort.
Sie haben mich verstreut
in alle Winde
und suchen mich
enttäuscht
in meinem Wort.
Ich weiß nicht mehr,
ob ich mich
wiederfinde.

Ruhig

Ruhig seh ich dem Hut nach,
den der Wind ins Wasser gerissen,
ruhig laß ich für immer
von mir die Geliebte gehn.
Ruhig hör ich die lauten,
vom Eifer verwirrten Reden
zwischen den alten Leuten,
die vor mir im Herbstlaub stehn.

Neue Hüte sind käuflich,
und neues Wasser wird rinnen,
neue Liebe wird kommen,
und neuerer Wind wird wehn.
Schweigen werden die lauten,
vom Eifer verwirrten Reden,
neuere jüngere Blätter
werd ich im Frühling sehn.

Ruhig seh ich im Spiegel
die Haare des Hauptes sich lichten,
ruhig seh ich die Wahrheit
von gestern in Stücke gehn.
Unruhig setz ich mich nieder,
um bessere Verse zu dichten,
unruhig sag ich den Leuten –
das Leben von morgen wird schön.

Jetzt II

Jetzt habe ich eine Tochter, die zur Oberschule kommt.
Jetzt habe ich eine schöne Wohnung,
eine Frau, die leise ist und mich trotzdem versteht,
einen Beruf, der mir Spaß macht, Erfolg und Geld bringt,
jetzt kriege ich bald ein neues Auto,
jetzt werde ich eine schöne Reise machen,
jetzt werde ich ein Glückspilz sein.

Jetzt muß ich nur noch einen Arzt finden,
der mich gesund macht, und einen,
der mir die Angst vor dem Ende nimmt.

An meine Freunde

Habt ihr etwa
den Trick gefunden,
mit dem sich der Wettlauf
zwischen Hase und Igel
gewinnen läßt?

Immer öfter,
bevor unsere Pläne
am Ziel sind,
hör ich den Tod rufen:
Bin schon da.

Es ist wahr,
daß die Töchter unserer Freundinnen
schöner als ihre Mütter
geworden sind.

Es ist wahr,
daß die Söhne unserer Frauen
mehr Menschlichkeit
in ihre Liebe legen
als wir.

Aber was berechtigt euch
zu diesem Feldgeschrei,
das ich euch anstimmen höre,
sobald euch etwas
nicht schiefgegangen ist?

Habt ihr etwa
den Trick erfunden,
mit dem sich der Wettlauf
zwischen Tod und Hoffnung
gewinnen läßt?

Gedicht

Erfahrenes,
in meinem Kopf gefunden,
von meiner Hand fixiert,
bist du Natur geworden
und wirst auf andre Art vergänglich werden,
als ich es bin.

Nicht mehr an mich
und an mein Sein gebunden,
bist du nicht mehr in mich zurückzunehmen.
Du wirst
in andre Köpfe Eingang finden,
wirst dort verwendet
oder wirst vergessen.

So bist du,
Teil von mir,
zum Teil der Welt geworden,
wie ich ein Teil der Welt bin,
unaustauschbar,
denn weder ich noch du
sind noch einmal zu schaffen.

In Wettern

Ich wollte gegen alle Wetter sicher sein.
Ich hüllte mich in Stolz und Hoffnung ein.

Ich dachte, daß ich fest wie Felsen bin.
Der Wind fegt Staub und Körner vor sich hin.

Was Frost und Regen, Sonne für mich war –
hat Sand aus mir gemacht, bis auf das Haar.

Und schüttet mich der Tod ins Sieb der Zeit,
bleibt doch, so hoffe ich, ein Körnchen Fruchtbarkeit.

Irrtum

Es hat sich so viel Schmerz in mir gesammelt,
daß ich die Wände meiner Adern spüre
und nicht mehr weiß, warum ich weinen möchte.

Ich sehe meinen Freunden in die Augen
und höre nicht, was sie beim Sprechen sagen.
Ich möchte ihre Körper nicht mehr spüren.

Es hat sich so viel Schmerz in mir gesammelt,
daß jedes Lächeln mich daran erinnert.
Ich fühle, daß ich morgen sterben werde.

Biblische Grußregeln

Wenn wir uns treffen, gib mir nicht die Hand,
sieh mich nicht an und sage mir kein Wort.
Ist Himmel über uns und drunter Land,
geh eilig weiter, denn man sieht uns dort.

Sind da Gewächse, Hügel, eine Wand,
dann spüre die Gefahr an diesem Ort.
Und siehst du mich von fern im Wüstensand,
sehn mich auch andre. Gehe besser fort.

Denk nicht an mich, es bleibt nicht unbekannt.
Erst wenn ich tot bin, wenn man mich vergißt,
tritt leise an des lauten Meeres Rand
und flüstre in den Sturm, daß du mich grüßt!

Tröstet euch

Entschuldigt meine Ungeduld,
aber ich kann nicht ewig bleiben.
Natürlich
habe ich verschiedenes
für meine Notdurft gebraucht.
Außerdem liebte ich
dieses und jenes,
das brachte Ausgaben.
Aber doch
war ich ein billiger Gast.
Ich habe euch weder
einen Krieg gekostet
noch eine Hungersnot.
Also laßt mich das Meine bestellen.
Ich gehe ja bald.
Ich weiß,
ich habe euch weder
eine Maschine erfunden
noch ein Gesetz geschenkt.
Die paar Verse,
die ich zurücklassen werde,
sind nicht der Rede wert.
Also tröstet euch.

Kein Gott

1

Ich lebe jetzt. Mein Tod ist zu erwarten.
Danach vergehe ich so schnell wie Gras.
Von mir bleibt nur, was andere verwenden
zu ihrem Nutzen und zu ihrem Spaß.

Gedanken, Verse, ein paar Gegenstände,
durch mich entstanden, bleiben in der Welt.
Für eine Weile kann man sie noch brauchen,
bis das, was keinem nützlich ist, zerfällt.

2

Ich habe keinen Gott. Für alle Taten,
die ich begehe, muß ich Täter sein.
Kein Weltenrichter wartet, mich zu strafen –
für jeden Irrtum steh ich selber ein.

Ich habe keinen Vater, der mich tröstet.
Es gibt kein Wort, das unumstößlich ist.
Mich stützt kein Glaube. Keine weise Fügung
besitzt ein Maß, das meinen Nutzen mißt.

Ich denke selbst. Ich habe keine Rettung
vor meinen Zweifeln, wenn die Furcht mich schreckt.
Ich hab die Grenzen meiner Höhn und Tiefen
in meinen eignen Träumen abgesteckt.

3

Ich hänge ab von der Natur von Menschen,
von allen Kräften für und gegen mich.
Die Welt, in der ich bin, ist gut und böse,
doch weiß ich – alles um mich ändert sich.

Nichts bleibt sich gleich. Wer wagt, sich einzurichten,
der richtet sich für Augenblicke ein.
In einer Welt, bestehend aus Bewegung,
da kann ich selber nur Bewegung sein.

4

Ich fürchte Menschen. Was sind Eis, was Fluten,
was Pest und Feuer gegen die Gewalt
des Untiers Mensch? Die Schreie seiner Opfer
sind, seit es Menschen gibt, noch nie verhallt.

Ich liebe Menschen mehr als alle Tiere.
Sie suchen unaufhörlich einen Sinn
für ihr Vorhandensein, verstrickt in Irrtum.
Es macht mich froh, daß ich beteiligt bin.

5

Ich bin allein. Für kurze Augenblicke
bin ich Geliebter, Bruder oder Freund.
Um eine Arbeit, eine Lust zu machen,
wenn sich ein Weg mit meinem Weg vereint.

Auf dieser Erde leben Ungezählte,
aus denen gleiche Furcht und Hoffnung spricht.
Ich weiß um sie. In glücklichen Sekunden
seh ich mitunter einem ins Gesicht.

6

Da ist kein Mensch und keine Macht vorhanden,
nichts, das mich ganz für sich gewinnen kann.
Ich füge mich der Stärke und der Schwäche.
Nur wer mich tötet, hält mein Suchen an.

Ich bin mißbrauchbar, ich bin zu gebrauchen,
denn ich muß sein und suche meinen Wert.
Ich will mich nähren, ich muß mich behausen
und über Preise wurde ich belehrt.

7

Solang ich lebe, arbeite und liebe,
solange sich mein Geist, mein Blut noch regt,
bin ich dem Wesen meiner Zeit verhaftet,
denn mich bewegt, was meine Zeit bewegt.

Ich denke noch und bin noch zu belehren.
Ich suche zweifelnd weiter nach dem Sinn,
der uns zu Menschen macht, wer will mich hindern,
die Welt zu lieben, bis ich nicht mehr bin.

Notiz

Die Gedichte dieses Bandes wurden aus folgenden Veröffentlichungen Heinz Kahlaus ausgewählt: „Der Fluß der Dinge", Berlin und Weimar 1964; „Poesiealbum 21", Berlin 1969; „Balladen", Berlin und Weimar 1971; „Flugbrett für Engel", Berlin und Weimar, 1974; „Heinrich Zille. Berlin aus meiner Bildermappe", Rudolstadt 1969. Darüber hinaus wurden verstreut gedruckte Gedichte („Almanach Neue Texte", Berlin und Weimar, 1964 und 1965) sowie eine Anzahl bisher unveröffentlichter Arbeiten aufgenommen.

U. E.

Inhalt

I

II

III

IV

V

ISBN 3-351-01572-0

3. Auflage 1990
© Aufbau-Verlag Berlin und Weimar 1981
Einbandgestaltung Stephan Rosenthal
Typographie Peter Birmele
Lichtsatz INTERDRUCK Graphischer Großbetrieb Leipzig – III/18/97
Druck und Binden LVZ-Druckerei „Hermann Duncker", Leipzig III/18/138
Printed in the German Democratic Republic
Lizenznummer 301. 120
Bestellnummer 612 634 6
01000